苦如黄莲，甜是砒霜

闫荣霞 邢万军

——编著——

北方文艺出版社

图书在版编目（CIP）数据

苦如蜜糖，甜是砒霜 / 闫荣霞，邢万军编著 . -- 哈
尔滨：北方文艺出版社，2018.8

ISBN 978-7-5317-4215-9

Ⅰ.①苦… Ⅱ.①闫… ②邢… Ⅲ.①散文集 – 中国
– 当代 Ⅳ.① I267

中国版本图书馆 CIP 数据核字（2018）第 049492 号

苦如蜜糖，甜是砒霜
KURU MITANG TIANSHI PISHUANG

编　者 / 闫荣霞　邢万军

责任编辑 / 路　嵩　富翔强　　　　装帧设计 / 朗童文化

出版发行 / 北方文艺出版社　　　　网　址 / www.bfwy.com
邮　编 / 150080　　　　　　　　　经　销 / 新华书店
地　址 / 黑龙江现代文化艺术产业园 D 栋 526 室

印　刷 / 廊坊市国彩印刷有限公司　　开　本 / 880×1230　1/32
字　数 / 160 千　　　　　　　　　印　张 / 8
版　次 / 2018 年 8 月第 1 版　　　　印　次 / 2018 年 8 月第 1 次印刷

书　号 / ISBN 978-7-5317-4215-9　　定　价 / 32.00 元

编者的话

我们身处一个经纬交织的复杂世界。行走的过程中，很多时候，也许就把心灵忽视了。但是，又做不到完全的忽视，因为在追求外在世界的时候，会莫名地觉得忧伤和失落，会问：

"我是谁？"

"谁是我？"

"我在哪里？"

"我在做什么？"

"我想要什么？"

"我遗忘和失落了什么？"

"何者为丑，何者为美？"

那就是我们的心灵在执着地唱歌。所有的歌声，主题只有一个，那就是"感觉"。

我们大多数人都不爱护自己的感觉，小时听父母的，当学生听老师的，工作了听领导的，成家了听爱人的，老了听孩子的，空虚的时候听不知道什么"大师"的，结果自己明明有感觉的，却都给贬成错觉。所以很多人迷惘如孩童，不知道自己到底想要什么，也不知道自己小小的心灵，有着怎样一个微观而丰富的世界。

那么，这套"心灵微观"丛书的作用，就是希望读者从现在开始，直面自我，多听听自己的声音，多尊重自己的感觉：你会发现，原来你的心灵如此鲜明而生动。它在街边飘过的一首歌里，怀抱的小娃娃的一声欢笑里，开河裂冰的一声咔啦啦的巨响里，森林的阵阵松涛里。它在人们的笑脸上，一个电影里，一篇文章里，一个新交的朋友坦诚的双眼里。它使我们领略生之美好，收纳生之快乐。

编者历时数载，定向收揽如知名作家朱成玉、周海亮、澜涛、凉月满天、顾晓蕊、吕麦、安宁、古保祥、崔修建……以及新秀作者的优秀作品，以期不同的作者以不同视角，表达自己最真切的想法、念头和感触，剖析自己的心灵，以此为引，希望读者朋友也对自己的心灵细剖细析，细观细察，深入认知，深切会合，于细微处得见心灵的宏大愿景，从而不忘初心，砥砺前行，欣赏美好，过朴实而欣悦的一生。

这，就是编者的初心。

"心灵微观"丛书共有六册，其中《不负人生不负卿》以"感情"为切入点，讲述了"爱"是怎么一回事。想要去爱人是人的天性，想要被人爱是人的本能。是的，谁都会有生命的极夜，觉得一路上无星无月，无路无爱。但是不要紧，一分一秒挨过去，咬牙任凭痛楚凌迟。世间万物都会辜负，唯有流光不相负。迟早它会把你的痛冲刷殆尽，哪天想起来，也只余下淡白的模糊影子，那是你一个人的伟大胜利。而转头处，你会发现，原来一直有人在深深地爱着你。

《平凡不可贵，最怕无作为》以"事业"为切入点，讲述了我们的艰辛奋斗，艰难成功。奋斗到后来，你会发现，任何难题都不是难题。挑战是给你机会去战胜挑战，艰难是给你机会走出艰难，困境是给你机会让你成长到足够翻转困境。只要转换视角，就能翻转命运。

　　《所有的命运都是成全》以"命运"为切入点，讲述了非常玄奥的"命运"是什么东西。命运能是什么东西呢？它是生命，是际遇，是曲曲折折的前进，是寸步不肯移的守候，它是一切。际遇如火，骄傲如金。珍而重之地对待生命，不教时日空过，无论怎样的波峰浪谷，都无损于我们自己的骄傲。遇吉不喜，遇凶不怒，坦坦荡荡，宽宽静静中，一生就能这么有尊严地过去了。

　　《苦如蜜糖，甜是砒霜》以"苦难"为切入点，讲述了人人望而却步却人人都有可能经历的"苦难"。这个光鲜靓丽的世界上，这么多光鲜靓丽的人，都包裹着一颗拼命挣扎的心。没有谁真正潇洒，大家都不轻松。也许困顿是良机，因为障碍越多，被跨越的障碍越多。不必被愤怒和悲伤蒙住了眼，假如退开来看，说不定能够看出命运的线正从彼处发端，要给你织成一幅美丽的锦缎，只要你给它时间。不如一边整小窗，一边倚小窗，一边买周易，一边读周易，一边挖池塘，一边坐池塘，一边养青蛙，一边听蛙叫，心头种花，乐在当下。

　　《绿墙边，花未眠》以"美好"为切入点，细细描绘了生命中的美好片断和美好场景，动荡人生中的稳静光阴。生命是需要稳和静的，如同篱落间需要点缀一点两点小黄花；就像《红楼梦》里的大观园，有那样金粉玉砌的所在，就有稻香村这样的幽静之所可以养静，可以读书，可以于落雪落雨之际，去品生命况味。

《昨日不悔，明日不追》以"赤子之心"为切入点，与读者一起，重觅本心，重拾美好华年。"归去来兮，田园将芜胡不归？"现代人没有陶渊明的幸运，不是所有人在厌倦了都市生活后，都可以有一个田园迎接自己的归来。实在没办法的时候，我们可以在心里给自己营造一个独属于自己的田园，那里有如烟蔓草，有夕照，有落英。

一个人，生活在一片破落的村庄，隔着一条大河，有一个仙境一样美的地方，那里整日云雾缭绕，太阳一出，云雾散去，鳞次栉比的房屋又像水墨画一样。他想："啊，要是能到那里生活就好了。"于是，有一天，他下定决心，整理行装，登程了。

当他辛辛苦苦到达那里，才发现那里的村庄一样破落，那里的人们和自己家乡的人毫无二致。他失望透顶。隔河望去，自己的家乡也美丽得如同仙境，云雾缭绕；当云雾散去，房屋也如水墨，引人遐思。

真是一个隐喻式的故事。我们的人生就时时生活在这样的矛盾之中，总是觉得身处的环境不好，正在做的工作不好，享受到的待遇不好，挣到的钱太少；可是当我们换一种身份，挣了大钱，得了大名，又会觉得还是平平淡淡的生活更好。

说到底，我们总是这山望着那山高，其实却是这山和那山一样高。你觉得这里的山好，那么别处的山就一样好；你觉得这里的山不好，那么别处的山一样不好。

就像一个人从一个小镇搬到另一个小镇，询问当地的一个老者："这里的人好不好？"老者反问："你家乡的人好不好？"他说："我家乡的人都好极了，既热情又善良。""那么，"老者说，"这里的人也都好极了，既热情又善良。"

另一个人也从一个小镇搬到了这个小镇，也询问这个老者同样的问题，老者也反问："你家乡的人好不好？"他说："我家乡的人都坏透了，既冷漠又奸诈。""那么，"老者说，"这里的人也都坏透了，既冷漠又奸诈。"

高低好坏，其实都在自己的心呢。

借由"心灵微观"，希望我们真的能够荡涤凡尘，得见本心，心灵如清水洁净轻灵。

前　言

　　每个人生在世间，都是花瓶，刚开始崭新，逐渐被摔被伤害，有了伤痕，这就是我们的生命，新伤旧伤堆叠，显痛隐痛交织。伤便由它伤，痛也由它痛，时间会给我们淡然和平静。

　　十多年前，讲课多了，嗓子坏掉，不能再上讲台，只好做一个默默无闻的图书管理员。是真的"默默无闻"，因为整天发不出一点声音。有一天，在校园，我在前边走，后边就有两个新老师议论："你说她是不是哑巴，怎么从来听不见她说话？"另一个讲："咱们学校也真是，怎么哑巴也招！"这个就用压低了却分明让我听见的声音，说："肯定是走后门……"

　　晚上上网把委屈跟朋友说，朋友其时正在读博，学业艰苦，妻子又提出离婚，前院垦荒，后院失火。可是他说："东风已来，关键在我。"

　　一句话醍醐灌顶。从此天天发狠地从被窝里爬起来读书，又蹲在那台老旧的电脑前敲敲打打，对着冰冷的屏幕说自己心里的话。

不知道怎的，书读着读着就把自己沉入另一个世界了，文字写着写着就连缀成了篇章。就这么一路读读写写的，走到如今。想起来捏一把冷汗，幸亏当初那句话，否则我的日子就天天看看电视，打打牌，说说家长里短，就这么半辈子过去了。

好可怕。

果然西风也是东风，若无它的凛冽催促，温柔乡就活活泡死了我的好光阴。

如今这个朋友已经重新组建了幸福的家庭，想看他的时候直接在网上搜他在全国各地讲课的新闻和视频就行。

哪里不是躲避不开的纷扰人间，消停不了的红尘三万丈。谁的心里也不是白茫茫一片真干净，是雪压了芦苇，又半化不化的，被人踩上两个湿的泥脚印。所以人生还是这八个字："东风已来，关键在我。"

所谓的沟沟坎坎，全看你自己怎么看。一阵子一阵子的西风，其实都是促人行路的东风，此时山重水复，转身柳暗花明。关键在"我"，不可推脱。所以，苦也罢甜也罢，不过看你自己怎么尝，怎么想罢了。

本书精选知名作家的数十篇文章，旨在与读者朋友一起面对人生苦乐，试图一起转变人生视角，以使我们都离苦得乐，一起走过苦光阴，过上好日子。

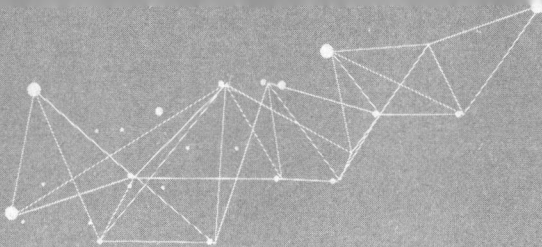

CONTENTS

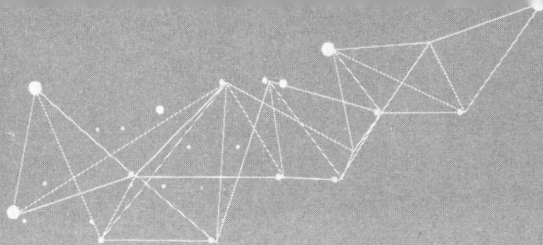

第一辑

半粒种子也有春天

人并不是事先就规定好走法的棋子，要是那样，世界还有什么意思？它就是一个大舞台，人人都是主角，演出他最想要演出的戏。没有剧本，一切随心所欲，你想要拥有一个什么样的人生，那就从现在开始，选择自己要唱的戏码和要扮的角儿。一切都可以从现在开始。因为没有前生命定这回事。

土坷垃的童年里，读书成了最美的事 | 金明春

1952年，在陕西南部的丹凤县一个叫棣花村的偏僻小村里，有一个婴儿出生了。父亲是乡村教师，母亲种地，这个家庭面对这个婴儿的诞生，感觉很平常，就像日出日落。

这个孩子慢慢长大了，但是他的个子矮，还总生病。上学了，他对学习抓得也不紧，既不会唱歌也不会跑步。数学成绩平平，但是，奇怪的是这个小孩作文写得相当的棒。他很小的时候就显示了他的作文天赋，在一次作文比赛中，他的作文得了第二名。

他的头发很长，特别是脑门上的那一缕头发更长。好酷！更好玩的是，在他写作业时，那缕头发就会来"捣乱"，调皮地垂下来，这时，他很帅地一甩头，那缕头发就会听话地被甩了上去。

于是，小伙伴给他取了个绰号叫"一撮毛"。

这里，到处是土坷垃。在他的童年的记忆里，满是黄土，但在这满是土坷垃的童年里，读书是他童年最美的事。

对于贫困的生活来说，在读书时，心地便会繁花似锦。当时农村很少有书看，就是《红岩》《水浒传》《三国演义》

这几部书。书，成了奢饰品、稀罕物。看见书，就像猫遇到了腥。他似乎患有文字"强迫症"，见到有文字的东西，他的注意力便会聚焦在那里。他有个习惯，每到一处，最吸引他的是书报。文字，对他是一种强大的诱惑。他有一次去县城一居民家，看见了人家家里有一本《红楼梦》，就像猎人发现了猎物，不顾一切地抓起了那本书。

那时候的农村，没有报纸、电视，晚上没有事干，他就去听邻居讲故事。但听故事需要"买门票"，就是给讲故事的人干点活，比如推石磨啊、挑桶水啊。每次他都听得津津有味，然后，他把听来的故事写下来。后来，他写的那本名叫《老生》的书里的内容，基本上都是他听说过或者经历过的事情。

读书，即使在雪花飘扬的季节，也有一种芬芳和温暖的气息扑面而来。书，一次次叩动着他的心弦，一次次开启了他的心智。

17岁时，他在干活的工地上看到一本没有封皮的书，当他翻看这本书时，一个奇怪的念头产生了：哼！书不就是人写的吗？他们能写，我也能写。有了这个念头以后，他就开始模仿着写作。正是这个作家梦，诞生了一位著名的作家，他就是贾平凹。

文字散发着作者的气质，闪耀着生命和人性的光辉，彰显着作者的情志与追求，洋溢着隽永的生命意蕴。作家探求生命本质，有着率真的个性，他保持着一种坚守艺术人生、关注现实的写作姿态。他出版的主要作品包括《浮躁》《废都》

《白夜》《土门》《秦腔》《高兴》等。作品以英、法、德、俄、日、韩、越等文字翻译出版了二十余种版本。曾获全国文学奖多次，2008年，《秦腔》获得第七届茅盾文学奖。有的作品还获过美国美孚飞马文学奖、法国费米娜文学奖和法兰西文学艺术荣誉奖。这位被称为文学鬼才的作家，有着鲜明的特点，如同茅盾文学奖的授奖辞所说，"他笔下的喧嚣，藏着哀伤，热闹的背后，是一片寂寥。或许，坚固的东西都烟消云散之后，我们所面对的只能是巨大的沉默。《秦腔》是当代小说写作的一记重音，也是这个大时代的生动写照。"

他认为，对于青少年写作能力培养来说，要注意培养三种能力：一是培养想象力，活跃思维；二是培养观察力；三是培养表达能力，准确有趣的表达。

一个人的梦想是人生前行的原动力，梦想是一种能量，推动着前行的步伐。拥有梦想，并为之努力奋斗，才会实现梦想。梦想，是一个人奋斗的原动力，勤奋努力，才能拥有璀璨的成就。沿着美好的梦想不断跋涉，就能抵达美丽的目标。

年轻时，吃一点苦真的没有关系

阿识学长

年轻时，吃一点苦真的没有关系。当我们走了不少坎坷的路，吃了不少难吃的苦，我们才会被这些经历训练成一个不怕困难、乐观向上、懂得坚持、热爱生活、感恩生命的人，就好像一株在慢慢绽放光彩的木棉。

前几天，我和朋友一起逛街，在路边看到一个卖甘蔗的小男孩。他只有十来岁，身旁摆着一只旧水桶，里面装满了甘蔗。

朋友向小男孩靠近，指着那只水桶问："你这里面的甘蔗多少钱一节？"

小男孩眨巴着眼睛望着朋友回答说："两块钱一节，好甜的，这是我自己家里种的。"

朋友笑呵呵地从口袋里掏出几个硬币，拉扯着我的衣服说："你帮我挑选两节甘蔗吧，我付钱。"

朋友是北方人，很少吃到这种东西，因而对挑选甘蔗是没有任何经验可谈。

那只水桶很老旧，里面装了很多甘蔗，它们正拼尽全力地吮吸着桶底下的清水，好像对我的出现一点都不感到害怕。

我弯下腰，注视着它们。水桶里的倒影不禁让我想起了我卖甘蔗的童年时光。

　　我九岁那年，在外头打工的阿妈被阿爸赶回了老家。阿爸说阿妈的眼睛不好使，找不到任何一份工作，还不如回家种田。

　　而那个时候正好要开学，我和阿弟都急着要一笔学费，但阿爸只给阿妈买了一张回老家的火车票，并没有让阿妈带钱给我和阿弟读书。

　　那时候，没有钱是不能报名上学的。因此，我和阿弟每天醒来的第一件事便是围着阿妈呜呜地哭，阿妈瞅了瞅我们，然后也坐在灶前揉着眼睛，一言不发。

　　每次邻居看到这种情形，就会劝阿妈去管我奶奶借点钱帮我们兄弟俩交学费。但阿妈和奶奶的关系一直不是很好，奶奶会骂阿妈没用。阿妈会骂奶奶不近人情。

　　她们隔三差五就会闹矛盾。

　　但后来不知道什么原因，也许是我们实在穷得揭不开锅，阿妈只好低下头向奶奶认错。奶奶才答应阿妈把园子里的农作物分给我们吃。

　　奶奶的园子很大，种了许多蔬菜瓜果，尤其是那块甘蔗地，着实让我们看了会禁不住流出口水。

　　为了把菜地里的农作物换成我和阿弟的学费，阿妈就去集市上卖蔬菜，我就去村口的加油站卖甘蔗。

　　加油站坐落在公路的中心地带，是人们去小镇或县城的必经之地。每当大巴开到这里时总会停上三四分钟。

那时候，我并没有想太多，就是一心想快点攒够钱好读书。所以，我每天一大早起来就开始洗甘蔗，用菜刀把甘蔗分成一节一节的，装进桶里，早饭都顾不上吃就跑去加油站。

等到了加油站时，太阳也刚好毒辣起来。我紧张地躲在小树底下等着过往的大巴和人群。只要一听见大巴刹车的声音，我就立马从水桶里捞起几节甘蔗，站在凳子上朝车窗里的人问去："大哥哥，大姐姐，你们买甘蔗吗？"

"这是我家种的，很甜的！"

……

其实，在我的那个小县城，甘蔗并不好卖，因为大多数人家都有种，真正能问津的也只有那些城里人。但那时候我不能明白的是，为什么每次我去卖甘蔗，总会有那么一群人喜欢买我的甘蔗，然后当着我的面大口大口地咬着吃，像是很馋，很好吃的样子。

直到长大以后我才明白，原来这世上有很多好心人都愿意帮助那些贫穷却甘于吃苦的孩子。

因为在他们看来，这样的孩子很听话，在很小的时候就愿意吃苦，学会劳动，帮大人们减轻负担，这是一种能让人为之动容，感到温暖踏实的精神力量。

陀思妥耶夫斯基说，我一直在考虑一件事情，那就是，我是否对得起我所经历过的那些苦难。苦难是什么，苦难应该是土壤，只要你愿意把你内心所有的感受隐忍在这个土壤里面，很有可能会开出你想象不到的、灿烂的花朵。

浊水下也能花开如云

王　磊

　　小巴拉克上中学的时候，他的人生跌入了谷底。残破的家庭，贫寒的家境以及黝黑色的皮肤，都成为了同学们揶揄嘲讽他的话题。父亲在巴拉克很小的时候就离开了他们母子，单亲的母亲用自己微薄的收入只能勉强保证孩子的温饱。在家境殷实的白人同学面前，生活窘迫的巴拉克感到自尊受到了严重的伤害。渐渐地，他开始变得寡言少语，意志消沉，常常逃课出去酗酒，大把大把地挥霍着时光。

　　这一天，喝得摇摇晃晃的小巴拉克正漫无目的闲逛的时候，突然有一个身影挡在了他的面前。小巴拉克看了看面前的人，酒立刻就被吓醒了——站在他面前的，是最疼爱他的外祖母。巴拉克酗酒逃学的事情一直瞒着家里，可外祖母还是知道了这件事情。

　　外祖母慈爱的眼神里充满了悲伤，看得巴拉克鼻子一酸，心都快碎了。小巴拉克低着头，等待着外祖母的训斥。出人意料的是，外祖母并没有大声痛斥他，而是轻轻地拉起他的手，带他在夏威夷的林间小路上散起了步。

　　一路上，外祖母不停地和小巴拉克谈心。小巴拉克内心中的痛苦像猛地打开了阀门一样，终于找到了宣泄的渠道，他红着眼睛告诉外祖母，生活太不公平，贫寒的家境和黑色皮肤让自己得不到尊重，生活对他来说简直就是一种痛苦！外祖母面容和蔼地听着他的倾诉，不停地轻拍着他的手，以此来平息他激动的心情。

过了很长时间，小巴拉克几乎是哽咽着说完了内心的委屈。这时，许久没说话的外祖母猛地直盯盯地看着小巴拉克的眼睛问道："这世界上每个人都遭遇到了各种各样的不公平，为什么有的人就此沉沦，而有的人却能展翅飞翔呢？"外祖母的话，让小巴拉克猛然一愣，却不知道该怎样回答。

外祖母将视线缓缓地从小巴拉克脸上挪开了，然后看着路边盛开的花朵儿悠悠地说道："这条小路两边本来没有花儿，不知道什么时候被风吹来了花儿的种子。这些种子落在路两边，却没人精心照顾过它们，它们是靠着浑浊的雨水和人们不小心洒下的饮料来汲取水分不断生长的。当这些浑浊的水洒到花种上时，种子们想的不是抱怨上帝的不公，而是在浑水中努力吸取着适合自己的养料，然后靠着这些养料逐渐生长了起来。"

说着，外祖母转身望着小巴拉克说道："当脏水泼到你身上的时候，与其抱怨，不如从中吸取你生命的养料。"说完，外祖母亲了亲他的脸颊，转身离开了。小巴拉克呆立在原地，久久回味着外祖母的话……

没过多久之后，小巴拉克身边的人惊奇地发现，这个出了名的问题学生突然不再旷课不再酗酒了。他变得积极勤奋乐于助人，简直脱胎换骨了一样。随着小巴拉克的改变，他的生活也渐渐有了起色。上了大学之后，小巴拉克已经成了一个充满了吸引力的勤奋青年。他的努力与谦和得到了越来越多人的喜爱和赞赏，他的人生之路也逐渐平坦了起来……

很多年后，当年的小巴拉克已经长大成人，并且在政界取得了巨大的成功。他以他的亲和力和出色的领导能力成为了美国历史上第一个黑人总统，他就是巴拉克·胡赛因·奥巴马。

在谈到当年那次改变了他一生命运的谈话时，奥巴马深情地说道："我的外祖母让我懂得了人生最重要的一个道理——当你不受人尊重，被人轻视的时候，不要抱怨命运的不公。你没有得到太多的尊重，就更要懂得尊重别人的重要性；你生活窘迫处境悲惨过，就更要在别人命运不济时给予关怀；你因为肤色种族痛苦过，就更要学会平等对待不同种族不同阶层的人。自由、博爱、平等，才是这世界最强大的力量，当你懂得掌握它们的时候，你必将取得最后的胜利！"

生活是个调皮的孩子，它常常向我们泼洒贫困卑微的浊水。面对这些突如其来的浊水，我们是一边埋怨生活一边自我沉沦，还是一边吸收养料一边奋勇而起呢？抱怨、沉沦、堕落，只会给你带来伤害，而丝毫不会改变你的人生！浊水下也能花开如云！不管外界环境怎么样，决定你人生成败的永远是你自我的态度！在浊水中吸取你的养料吧，让上苍在将来的某一天看见我们花开如云！

沼泽是莲的秘境

澜 涛

因患肌肉萎缩症，她从小就没有走过路，行动只能依靠哥哥的背抱。父母为她的未来担忧，一个女孩子，连走路都不能，将来可怎么办啊？ 思来想去，父母决定送她读书，读了书、有了文化，或许将来会有出路。于是，哥哥背她上下学，日复一日，年复一年。

除了读书，她实在不知道自己还能做点什么。要上高中了，学校远在县城，哥哥的双脚难以应对那么远的路，她不得不辍学。日子被打回原点。窗前，看太阳升起落下，看叶子绿了又黄。父母望着她叹息、摇头。她则没有什么抱怨，已经习惯了。

一天，一个亲戚来看她，带来一本微型小说杂志。她随手翻看，这一看，就放不下了。哥哥要去县城办事，她让哥哥再买几本杂志。可是哥哥跑遍了县城的书店，也没买到那杂志。看着两手空空的哥哥，满心期待的她很失落，郁郁寡欢。哥哥心疼地对她说："哥去邮局给你订阅吧！"于是，一年24期杂志，成为她的24个节日。

随着阅读的深入，她的脑海中开始冒出一个念头："这个故事，我身边就有；那个故事，我身边也发生过。我也能写！"她开始尝试写起小说来。

那时，虽然电脑和互联网已经妇孺皆知，但对于她那个小村，尤其是她这样的家庭，还是一个奢侈的物件。她的稿件就写在她初中用剩的本子上。一篇篇地写，一篇篇地让哥哥帮忙投出去，一篇篇的泥牛入海。她并不失落，因为她从没敢奢望自己写的文章能发表。她之所以不停地写，主要是因为写出心中的故事时，她能够被带进开满阳光的精神天堂。

功夫不负有心人。一天，她的小说发表了！她仿佛找到了活着的方向，找到了活下去的信心，此后，她的写作更加勤奋，她的小说也发表得越来越多。最开心的是父母，逢人便说："我闺女能赚钱了！"实际上，稿费可怜得很，一篇小说的稿费通常只有几十元。最初的两年里，她共发表了13篇小说，赚了不到1000元稿费。

几年后的一天，一个制片人找到她，表示很喜欢她的一篇微型小说，想要改编成一部电视剧，希望能和她合作。于是，她用了半年时间，将自己的那篇1500字的小说改编成40万字的剧本。不久前，这部30集电视剧在国内几家卫视黄金时段播出，并创下收视新高。

她就是李伶伶，她编剧的电视剧叫《翠兰的爱情》。

如今，她已经搬离了小村，在城里买了房子。人们在惊叹之余，开始总结她的"成功秘诀"，命运对你关上了门，还会为你打开一扇窗；坚强与执着让她从丑小鸭变成了白天鹅等。我也问过她，她一脸无辜地说："你说，就我这种状况，能干啥？我是实在没什么可做的啊！"我相信她的话。

命运把她扔到沼泽中，她做不了什么，连想的太茂盛都是痴狂。写东西，只是实在做不了什么的她抓到的最后一棵稻草。幸运的是，当她心无旁骛地雕琢着和这棵稻草朝夕相偎的时光时，那稻草中藏隐着的莲子被抖落出来，落入沼泽，花开成荷：红的、紫的、白的……

困厄有时会将一个人逼向心无旁骛的秘境，这大概是在沼泽盛放的要诀。

做一条难看的狗脂鲤

孙建勇

18岁那年的一天，威廉·马斯维努准备跳进卡里巴湖了结自己年轻的生命。

1975年，马斯维努出生在津巴布韦首都哈拉雷西郊小镇穆贝尔。尽管是男孩，但是，他的出生并未给家人带来欢乐。他长得实在太丑，五官不成比例，整张脸皱皱巴巴地像个老头，每个看到他的亲友都被吓得后退。父亲愁眉苦脸，母亲唉声叹气，都对他的未来充满担忧。

几年后，父母的担忧全都变成了现实。马斯维努3岁时，家中唯一疼爱他的母亲不幸去世，噩梦从此开始。因为丑，没人愿意照顾他，更没人愿意送他上学，他常常外出流浪，捡拾垃圾度日。好不容易挨到18岁，马斯维努想找份工作。尽管他看上去蛮有力气，但是，没有人愿意雇佣他，更为甚者，很多人还当着他的面，"哐啷"一声把门关上。

完全丧失信心的马斯维努站在卡里巴湖边，内心如同冰冻。如果不是23岁女孩爱丽丝·查帮嘉的出现，他很可能真的会成为湖中虎鱼的美餐。爱丽丝是卡里巴湖渔夫的女儿，也是个苦命孩子，她父亲去世两年，只剩下她一人以捕捞为生。当看见一个相貌奇特的小伙子在湖边徘徊的时候，爱丽丝主动上前搭讪，问道："你知道这湖里有凶猛的狗脂鲤吗？"

说实话，马斯维努长到这么大，没碰到有人主动跟他搭话，更别说是个女孩。这让马斯维努感到有股暖流传遍全身，他嗫嚅道："我、我、我没有吓到你吗？"爱丽丝摇了摇头，笑着反问："你会比狗脂鲤更可怕吗？"爱丽丝所说的狗脂鲤，是生活在卡里巴湖中的一种巨型虎鱼，长相丑陋，凶猛异常，长着32颗尖牙，以其他鱼类为食，是卡里巴湖的"霸王鱼"。

马斯维努沮丧地说："其实，在很多人眼里，我比狗脂鲤更可怕。"接着，他倾诉着自己的辛酸。同样饱尝艰辛的爱丽丝安慰道："除了狗脂鲤，我没有见过更丑的面孔，你的相貌其实并没有那么可怕，只是有点奇特罢了。可是，这又有什么关系？你知道丑陋的狗脂鲤为什么过得生机勃勃吗？因为它们有尖利的牙齿，有大块头，有力量，更重要的是，有一种勇猛向前的凶狠性格，而这是湖中其他鱼类所欠缺的，所以它成为了卡里巴湖的霸王鱼。"

马斯维努似有所悟，平生第一次露出了笑容。从此，他每天都到湖边看爱丽丝捕捞，与她聊天，一同分享生活的心得，逐渐变得阳光起来。后来，经过多次求职，他终于在哈拉雷的一家菜市场里当上搬运工，凭力气挣到了第一份薪水。

一年后，马斯维努和爱丽丝结为夫妻，接着他们的孩子相继出生。尽管生活负担更加沉重，但是，马斯维努没有抱怨，因为有了爱，他内心非常充实。工作之余，他想唱就唱，想跳就跳，毫不在意别人对他长相的嘲弄，他常对爱丽丝说："亲爱的，或许我天生就该做一条难看的狗脂鲤。"

上帝也许更愿意眷顾那些积极向上的人。37岁时，马斯维努的命运发生了改变。2012年，在爱丽丝支持下，他勇敢地参加了津巴布韦大型"选丑比赛"。在舞台上，他身着滑稽服装，跳着搞笑的舞蹈，大方展示自己的"奇丑相貌"，最终击败对手夺得桂冠，并于2013年10月再度蝉联冠军，被称为"最丑先生"。两次夺冠共获奖金2400南非兰特（约合2240元人民币），这笔钱足以给妻子爱丽丝买很多漂亮的衣服，给儿子交付全年的学费。

在接受媒体采访时，马斯维努搂着妻子的肩膀，无比自豪地说："能蝉联冠军，我很开心。我的貌丑与生俱来，但是这没关系，爱丽丝是唯一愿意接受我的人，她教会我去做一条狗脂鲤，你们知道，那是丑陋的凶猛大鱼。没错，我就是它！感谢爱丽丝！"

我们所说的"丑陋"一词其实包含两层意思，一层是指外貌的不美，是为"丑"；另一层是指内在的粗劣和缺失，是为"陋"。一个人可以"丑"，但不可以"陋"！外貌丑，并不可怕，只要内心充实，积极向上，仍然是好样的，比如这个"最丑先生"马斯维努。

不做命运的奴仆

崔鹤同

　　她是一个印度女孩，1974年出生于查谟农村。她和身边无数的农村女性和女仆一样，生活中充斥着暴力，凄惨悲凉。她和家人随着父亲工作的变换四处流浪，母亲在她7岁的时候离家，之后她缺吃少穿，不时挨父亲毒打。12岁她就被嫁给了一个比自己大16岁的丈夫，遭受无情的虐待，13岁就生下了第一个孩子，后来又生下了两个孩子。为了给自己的孩子一个好一点的前途，她不顾一切离家出走，带着3个孩子，在2000年来到教授库马尔家里当女仆。她把两个小孩带在身边，把最大的孩子送到别的人家当童工。

　　她以前也做过女仆，遇到过各种尖酸刻薄的主人。但库马尔似乎比以前那些雇主和蔼很多，还允许她的孩子读书写字。她是一个善于思考的女人。有一次，库马尔发现，她在打扫书柜的时候看着一本孟加拉语书发愣。于是库马尔问她："你会读书吗？要看这本书吗？"她回答说自己什么都不懂，但库马尔还是把书塞到了她手上，那本书名叫《我的孟加拉少女时代》。书里主人翁的故事与她的遭遇那么相似，就好像在描述她的生活。很快，她又看完了书架上的另外几本小说。

　　好心的主人发现，这个女仆不仅拥有 7 年级的阅读水平，还对文学感兴趣。于是，他给了她一个练习本和一支笔，让她随便写点什么东西。她莫名地恐惧，也非常迷惘，她不知该写些什么，而且她有十几年没有写过字了。主人说，为什么不写你自己的故事呢。就这样，她开始拿起了笔。

　　每当夜深人静，家里所有的事情都忙完了，她的孩子也睡着了，她就在仆人的房间里，拿出练习本和笔，一字一字艰难地写下自己的故事，竭力捕捉自己年轻时代的每一个细节。她的孩子们都感到奇怪，为什么妈妈开始写字了！

　　开始，她写得很糟糕，叙述粗糙，记叙重复，有时写着这件事情就跳到别的事情上去了，甚至连拼写和语法也错误百出。但她未经修饰的故事却生动曲折，异常感人，使库马尔感到了巨大的震撼力，于是他帮助她修改一些拼写和语法的错误，不断鼓励她坚持下去。

　　这样，她越写越得心应手，越写越充满自信。当她的书写到三分之一时，她已俨然成了一个成熟的作家了。两年后的 2002 年，库马尔将她完成的手稿《恒河的女儿》交给几位出版社的朋友。当年，她这本孟加拉语版本的自传小说就出版了。随后，英文译本《未达平凡的人生》出版，迅速被译介到美国、英国、法国、日本、韩国、中国台湾等几十个国家和地区。其充满泥土芳香的朴素文字和感人肺腑的罕见情节，深深地打动了成千上万的读者，受到文学评论界和媒体的高度赞誉。她的名字叫贝碧·哈尔德，成为闻名印度文坛的"女仆作家"。

贝碧·哈尔德说："很多女孩和我过着一样艰苦的生活，但没有人觉得有什么异样，而我只不过将它写了出来。"写书让她最高兴的莫过于父亲对自己和对"女儿"的看法的改变。父亲称赞她，在他们家族里，没有人像她走得那么远。看了她的书以后，父亲告诉她如果时间能够倒流，他愿意回到他们还是小孩的时候，改正自己对他们和对她母亲犯下的所有错误。这让她感到十分欣慰。

现在尽管哈尔德并没有打算更换女仆的职业，但她正在准备着写自己的第二本小说。她希望成为一名作家，她会继续写下去。在人们眼里，她早已不是一名女仆了。

命运掌握在自己手中。无论你身在何处，境况如何，只要你愿意，只要你努力，只要你奋发，不做命运的奴仆，就会成为命运的主人，就能抒写新的人生，迎来成功与辉煌。

心上的耳朵

卫宣利

　　两岁时，她发高烧，被医生用错了药，失去了听力。上学后，她听不见老师讲的课，作业常常无法完成，班上的同学也嘲笑她，没有人愿意和她做朋友。她哭着回家找母亲，母亲说，只有上帝特别宠爱的孩子，才会被他故意拿走听力。母亲牵着她的手走到院子里的牡丹树下。这是四月的早晨，牡丹大朵地开着，金线一样的阳光倾泻而下，粉白的花瓣，开得骄傲而张扬。母亲指着一朵花蕾对她说，声音不光用耳朵才听得见，用你的心去倾听，会听到花开的声音。

　　整整一个上午，她就待在那朵花下没动。她仔细地看着花苞一点一点地开启，张开，露出粉色的花瓣。一片一片的花瓣，都挣脱了束缚，奋力往外张着，她仿佛真的听见了花瓣的笑声，银铃一般娇媚而婉转。

　　那一天，她开始相信，原来在自己的心上，还有一双耳朵，能听得见花开的声音。

　　她开始学着读唇语，并且，很快便能用这种方式和别人交流。她就这样看着老师的口型听课，居然门门功课优秀，顺利地一路读到高中。却在高考前，因为耳聋，成绩优异的她，被告知没有资格参加高考。体检结果下来那天，正好是物理模拟考试，她无法按捺内心的忧伤，冲动地交了白卷上去。她不明白，为什么自己这么努力，却还是要受到如此不公正的待遇。

老师收到她的白卷，没有责怪她，而是带她去了一个地方。是一个赛场，参加比赛的，都是残疾人。当她看到一个半截人移到腕力赛的专用桌下时，她惊呆了。那是一个肢残的中年妇女，她的臀部以下全没了，是用双手撑着砖头移到赛场来的。还有那位让人扶着走进赛场的盲人选手。她无法想象，看不到亲人的笑脸，永远不明白颜色是什么东西，终其一生都在黑暗中摸索，将是怎样的凄凉。

那一刻，她的心被震惊了。

老师问："如果注定你有一种残疾，你会选哪一种？"

这样残酷的问题，一时让她不知如何回答。老师说："你以为耳聋就是天下最大的痛苦，可是还有这么多比你更不幸的人，他们都活得快乐而精彩。一个人，只有在心灵上撒播种子和希望，心才会开出花来……"老师没有再说下去，她却醍醐灌顶一般，一下子全明白过来了。

她放弃了高考，选择了一所技校。毕业后，又参加了中医学院的自学考试，顺利地拿了大专文凭，工作也从车间里的工人变成了厂医院的医生。业余时间，她写作，画画，带着一帮聋哑朋友跳舞，在比赛中一次次抱回大奖。有记者问她："你听不到音乐，为什么还能把舞步跳得这样有动感和节奏感？"她笑着回答说："心里有舞，脚下便有步。"

是的，她的心上有一双耳朵，听得见花开，流水，鸟鸣，虫语；她的心里种了爱，早已开成一朵灿烂的花；她的心里有舞，所以醉了世界。

半粒种子也有春天

澜晓曦

她13岁那年，命运突然拐了一个弯。她在做脚踝手术时，因为神经损伤，导致左腿从臀部以下瘫痪，从此，从小就热爱体育运动的她被束缚在轮椅上。花蕾初成，就遭此厄运，这让她极其痛苦、颓丧，她任由着父母的鼓励、激励渐渐沦为无奈的叹息，任由着绝望一寸寸蚕食着自己。

一个初春，父母将她送到做农场主的亲友家散心。虽然亲友的照顾无微不至，但她仍旧排斥着所有开导和劝说。一天，亲友拿来一小杯小麦种子，表示要和她进行种小麦比赛。比赛种小麦的土地选在亲友家屋前的园子里。播种前，她注意到，亲友拿来的小麦种子，有许多颗粒是残损的，她把那些残损的种子一一挑出，扔掉，亲友却一粒粒捡拾起来。当她把经过精心挑选、颗粒完整、饱满的种子播种到属于她的那一块田中后，亲友当着她的面，把那些她扔掉的，或少了一角、或少了一半的残损的种子种在了另一块田中。她诧异地想，那些残损的种子能发芽吗？亲友似乎看出了她的困惑，微笑着说，看看会不会有奇迹发生吧！

她开始关注起园中的小麦田。

随着春意越来越浓，她注意到，她播种的那块田上，钻出一个个嫩绿的小麦苗来，而让她惊讶的是，亲友播种的那块田上，也纷纷钻出小麦苗来。幼芽一点点长高，继而长出叶片……日复一日，她播种的小麦田里的小麦已经绿油油的一片，亲友播种的小麦田也一样的茂盛。残损的种子也能发芽、长大，这让她十分困惑。一个傍晚，她和亲友坐在屋前的夕阳余晖中，亲友对她说了一句改变她命运的一句话："只要能够精心培育，那些残损的小麦种一样可以有春天，你也一样，只要不放弃希望，也可以有你的春天。"

从此，她像变了一个人。

她对生活重新拾起了希望，积极地进行康复训练，参加残疾人自行车训练等等。两年后，她第一次参加了残疾人自行车比赛，并获得冠军。此后，她的身影不断出现在各个残疾人自行车大赛的领奖台上。大约6年后，她获得了在瑞士举行的世界公路赛冠军。就在她以为，厄运已经被她的坚强和坚韧击败时，一场突如其来的车祸，导致她下半身完全瘫痪。但是，有着那个追求春天的信念，她再一次和厄运展开较量。康复、训练、比赛，两年后，她的身影又开始出现在世界各大残疾人自行车比赛的领奖台上。然而，厄运再一次向她露出狰狞的利齿，她再一次被一辆汽车撞伤，这一次伤到了脊椎，她只能参加两枚手把式自行车比赛了。即便这样，2年后，她仍旧开始不断赢得两枚手把式自行车世界大赛冠军。

她赢得了她的春天，一个又一个。

然而，在一次备战残奥会的训练中，她被一名选手的自行车从背后重重撞倒，她不得不再一次住院治疗。但这一次，厄运却只是一个狰狞的面具，面具下隐藏着一个意外的惊喜——她在治疗过程中感觉到腿部居然有了知觉和刺痛，并能轻微活动，没多久，双腿居然可以移动行走了。又经过几个月的康复治疗，她居然告别了陪伴了她13年的轮椅。目前，已经完全康复如常人的她，获得了一家女子职业车队提供的合同，她开始了一名健全自行车运动员的训练和追求。

她叫莫尼克·范德沃斯特，荷兰传奇自行车运动员。

半粒种子也有春天。而厄运，只是一个白天和另一个白天之间脆弱的黑夜，坚强的人，让纷扰落下，让希望的脚步奔向曙光。

只为这一程璀璨的光阴

安　宁

亲爱的弟弟，不知我走的时候，放在床头的那封信，你究竟是漫不经心地看过便丢在一旁，还是在一丝丝愧疚的牵绊下，拿起床头的书，认真地读上几页。我已经远在北京，看不见此刻的你，是否又回到昔日散漫不羁的生活，怀着那么一点点的侥幸，继续在高考前的时间里清闲游走。

或许你会认为，我熬夜写出的 5 千字的信，于你，不过是一堆于事无补的说教，你有你混日子的理由。你会像讲给没有文化的父母那样，讲给我这个硕士毕业的姐姐，说，你们学校不过是所不入流的高中，有最纨绔的子弟，几乎是每天，都有人打架，甚至连你这样中规中矩的学生，毫无理由地，就会被校园里的痞子们截住，挨一通嘲弄。或许你也会让我上网查询去年你们学校的高考升学率，百分之九十的学生，都是通过艺考，走进了大学，而我当初阻止了你读艺术，也就基本上阻止了你通往大学的路，因为，基本上，除去艺考生，只有十个左右的学生能够考上大学，而排在二十名之后的你，当然是希望渺茫。况且，你们学校的传统是，在高考来临之前，便将考学无望的学生，像残次品一样，全部处理掉，要么去学技术，要么进工厂，要么自寻出路。

在这样差的高中里，你除了一天天地熬下去，熬到高考过去，那一张薄薄的毕业证发下来，还能去做什么？

更让你理直气壮地将学业荒废掉的，是而今实行的素质教育。你们终于可以不用补课，不用上晚自习，不用在漆黑的夜晚，飞快朝家中赶。遇上雨雪天气，还要溅一身晦气的泥浆。而今，你们只需在夕阳下，背起书包，说说笑笑地走回家去，书包里很轻，有同学间彼此交流的时尚玩意，也有给女孩子写了一半的情书，但唯独没有老师留的累赘的作业。这样一身轻松地回到家中，若饭还没有做好，恰好可以打开电视，看一段娱乐新闻，或者赏半集电视剧；再或，偷偷溜出去，在网吧里跟新交的网友说几句话。这样的夜晚，再不像往昔那样度日如年，一本杂志，两本小说，三四句闲话，五六个哈欠，便轻而易举地打发掉了。没有老师的监督，你，完全是一只自由的鸟儿，可以放任自己在大把的时间里，幸福地遨游。

可是，亲爱的弟弟，这样的幸福，于高二已经快要结束的你，究竟还能有多少？你所谓的理由，不过是为你想要逃避这一段艰苦学习的岁月，所做的最拙劣的注脚。而我想要说的是，即便你们学校差到只有一个人能够考上，你也有为之奋斗最后一年的理由。再好的学校，也有神色黯然的落榜生，再差的学校，也有站在领奖台上的成功者，而你，又为何过早地将自己打入毫无希望的深渊？我并不是认定，高考是你唯一的出路，可是，假若一个人连青春里这第一场战争，都不愿意迎接，那么，你所谓的毕业后去独闯天下，岂不是一句可笑的空谈？我所要求的，不是你能考上哪一所大学，我只是希望，在你18岁之前，能有那么一段意气风发、勇于拼搏的岁月，而这一段时光，不管结局是美好还是黯淡，在你人生的长河里，都必定会熠熠生辉。没有人能够否认，这段埋头苦读的青春，回望的时候，会绽放出最粲然的花朵。

请你尝试着，一点点地改变。哪怕，只是在放学的路上，边欣赏两边的风景，边记下卡片上的几个单词；哪怕，你将电视，自觉地换到英语学习的频道；哪怕，你克服掉自己心中的障碍，开口向比你成绩好的同学求教；哪怕，你能把起床后洗漱的时间，节约上短短的五分钟，而后将这些零敲碎打的时日，换成朗诵一篇散文，读解一道习题，探究一种生物，或者，只是给父母说一句安慰的话。

是的，因为你一直以来的不上进，父母几乎对你完全的失望，他们不知道如此游荡到毕业的你，究竟能够有怎样的未来。当我因为对你荒废光阴的气愤，而在母亲面前脱口而出，不要指望我能够为你提供怎样的便利时，她竟是背过脸去，哭了。父母一直都希望，走出小镇的我，能够在打拼出属于自己的一片天空的时候，亦能顺便，为你撑起一小片绿荫。我无法说服他们，无论我飞得如何的高，都始终无法代替你，走一生的路途。但我依然要在这里，无情地提醒你，此生，我是你的姐姐，但你永远都不要奢望，走出去的我，会像父母一样，为你20岁以后的人生，奔前走后，力尽筋疲。我只会站在最关键的十字路口处，为你指明那最通达的一条路，就像此刻，我尽着一个姐姐所应该尽的职责，写这封信给你。

亲爱的弟弟，其实，你和我，是一样的孩子，曾经在父母的唠叨里，有想要离家出走的冲动；也曾经为买不起一件衣服，而羞于在体育课上张扬；又曾经在 18 岁的路口上，犹豫且失落。但，不同的是，我的每一步，都走得结实且稳健。我知道自己唯有走出小镇，才能得到自己想要的未来，我知道大学能够提供给我，更明亮的一扇窗户，从这里，我可以看得更远，亦可以飞得更高。

而你，亲爱的弟弟，能否像曾经的我一样，背负起行囊，执着地向前，只为这一程，璀璨的光阴？

一次挫折是失败，
一百次挫折就是成功

骆青云

　　大卫·贝克汉姆是英格兰著名的足球运动员，但在他小时候，却想做一名越野跑车队的选手。贝克汉姆的家人，倒是十分支持，全家人省吃俭用，给他交清了所有的费用。

　　贝克汉姆加入车队后不久，就迎来了一次机遇，著名的Essex越野跑大赛将在四个月后拉开序幕。但是遗憾的是，知道这个消息时，已经错过了报名的时间。尽管如此，车队的老板还是下定决心，无论如何也要借这个机会把车队的名气打出去。接下来，老板买了很多礼物，去拜访大赛的组织者亨特里先生。

　　结果，老板提着礼物垂头丧气地回来了。只是他仍然不死心，又派几个得力的助手去拜访，依然是无功而返。

　　在车队的内部会议上，不少选手沮丧地说："难道我们眼睁睁地看着与Essex越野跑大赛失之交臂？"

　　这时，年少的贝克汉姆自告奋勇地说："让我去试试吧，我相信我能拿到这个名额。"老板望着这个乳臭未干的孩子，有点嗤之以鼻地说："凭你？连我去都被无情地拒绝了，你确信你能说服他？你凭什么呢？"

贝克汉姆拍拍胸脯说："我敢立下军令状，不过我要是能顺利拿到的话，我希望我能代表车队出战。"见贝克汉姆如此自信，老板爽快地答应了他。

拿着老板给的地址，贝克汉姆顺利找到了亨特里的别墅，却被保姆拦在了门外。"你好。"贝克汉姆客气地拿出车队的名片说，"请转告亨特里先生，我想和他聊聊赛车。"几分钟后，保姆走了出来说："对不起，先生说，你们已经来过几次了，没有必要再联系了。"贝克汉姆依然微笑着说："没关系的，请转告亨特里先生，我明天还会来的。"

第二天晚上，贝克汉姆早早来到了亨特里的别墅前，他选择在八点的时候准时敲门，依然是保姆接待的。贝克汉姆微笑着说："请转告亨特里先生，我想和他聊聊赛车。"保姆不忍心拂他好意，进去汇报了，片刻后，保姆出来说："孩子，你还是走吧。先生不愿意见你。"贝克汉姆信心百倍地说："我明天还是会来的。"

此后的三个月内，贝克汉姆天天都过来了，周末的时候，贝克汉姆还坚持一天过来拜见两次，尽管他一次都没见到亨特里先生。

但贝克汉姆仍然没有放弃。那个下雨的晚上，他再一次过来了。依然是保姆开的门，保姆说："孩子，我给你算过了，加上这次，你已经来过整整一百次了。我们先生正在看球。他应该不会见你。"当知道亨特里还是名铁杆球迷时，贝克汉姆的眼睛顿时一亮，他走到大厅里说："亨特里先生，我今天不跟你谈车，我们谈谈足球吧。"当听到亨特里房间里的电视声音弱了很多时，贝克汉姆开始大谈英格兰足球现今的局势和自己的雄心壮志。

过了一会儿，门开了，亨特里走了出来，"你是个对足球有深刻见解的人，对于这么执着的人，我相信你的未来是一片璀璨。所以，我愿意与你谈谈这次比赛的细节。"接下来，两个人在书房里谈了两个小时，谈妥了贝克汉姆车队参加Essex越野跑大赛的所有细节。

一个月后，Essex越野跑大赛如期进行，凭着出色的表现，贝克汉姆摘得了Essex越野跑大赛的冠军。多年后，贝克汉姆转战足球，因为坚持不懈，他的足球事业同样风生水起，不仅夺得了1999年及2001年夺得世界足球先生亚军，还曾任英格兰代表队队长。他苦练出来的任意球和长传技术，也成了赛场上屡战屡胜的法宝。每一次去和球迷见面，都有不少球迷问他成功的秘诀，贝克汉姆总是语重心长地说："我想告诉你们的是，这个世界上没有什么比坚持更厉害的武器了，我要送给你们一句话，同时也是我人生的总结：一次挫折是失败，一百次挫折便是成功。"

打碎的梦想怎么往回拼

西 风

周天幸是国内名牌大学油画系的博士生，作品被一家高规格的画廊相中，特地为他举办了一次高规格的个展，一个不知名的富豪看上了他此次个展的全部作品，来了个一次性包圆，付酬高达百万……

站在自己的作品前，周天幸浑身上下似乎都写满两个字：幸运。

读高中的时候，他即凭着作画的特长被破格录取进一家高等美术学院，大学即将毕业，又因为作品在全国油画大赛中获一等奖而被顺利保研，读研究生的时候，大大小小的奖项更是源源不断，一路把他送进现在在读博士的大学。

眼前，他正对着闻讯前来采访的省报记者侃侃而谈，谈他从小失去父亲的凄凉，谈他一个人奋斗的艰辛，谈他的壮志和理想。

可是，三个月后，却有消息说，他当初能够考上大学，其实是有人帮他暗箱操作。他当初能够被保研，是因为有人为他买奖。那次辉煌无比的个展，那个包买了他所有作品的家伙，不是别人，是他父亲。

他的心一点一点往下沉。

因为他的确不是孤儿，他的父亲的确是活着，死去的不过是他的养父，而那个没等他出生便抛弃了他的母亲的男人，如今是一家财团的老总，才是他真正的父亲。

待他如亲生的养父贫病离世，此后他和母亲相依为命；就在母亲被他的亲生父亲接走后不久，他也拿到了大学录取通知书，此后，似乎上天对他特意补偿，他品尝到了一路的一帆风顺，和一路的锦绣年华。

想不到全掺了假。

他打电话去问妈妈，妈妈在那边哭："你爸爸也是为了补偿你，才偷偷帮你一把，替你买过两三回奖，这回买你的画，也是他办的……"

从此，有他参加的展会，他的作品都被剔除出列；有他参加的比赛，组委会都发出他的名次作废的声明，美协在他面前关上大门，他甚至都没有从头来过的机会。

他无暇追问谁在背后翻云覆雨，世间种种险恶，总有人暗处看着你的风光铁青了脸。他只是感激他的师友和同学们，一个个因为为他出头说话惹上一身腥。

他的导师为此大病一场，躺在病床上，看着他，摸摸他的脑袋，"你该怎么办……"旁边的小师弟也一脸黯然。

导师对小师弟说："你勤恳，性子也稳，总有一天会出息，到时别忘了提携提携你师兄……"

广西十万大山里有一个不知名的小山村，小山村里有一所破败的小学校，这所学校只有一个老师，是从很远很远的地方来的大学生。

大学生哦！多么神奇！

而且这个老师还会画画，更神奇！

有一回，孩子们趁老师望着远方发呆的时候，偷偷溜进他的宿舍，里面有一个简陋的画架，画架上蒙着画布，画布上画了一朵小白花，单薄得近乎透明。风雨似乎穿透幕布而来，那朵可怜的小白花似乎可以看得见花茎的弯折和花瓣的翻转。可是奇怪得很，这样的风雨如晦，小花的根却牢牢地扒进岩石的缝隙里面，安如山。

那个画画的人、教书的人、望着远方发呆的人，就是周天幸。

五年后，周天幸支教结束，背着数年创造的厚厚一摞作品返回北京。迎接他的，是他的导师、同学和师弟——如导师预言，师弟宏图大展，已经是美协的副会长。

他已经从一个飞扬跳脱的年轻人，变得气色沉稳。以前他从没有耐心面对同一幅作品修改三次以上，现在，一幅作品摆在面前，哪怕改一百次，只要能够尽善尽美，他都肯。

在师弟的多方斡旋下，周天幸终于从拒绝评奖的黑名单上除名。一次次获奖都是十足的真金；一幅幅的画作进入一家家展厅。懂画的人都惊叹，他的作品就算是一朵不知名的小白花，都布满了王者的大气与沉稳。

真幸运，他想，若没有往日一场销金融骨的大难，哪有自己现在脱胎换骨的重生。当初被打碎一地的梦想，如今他用自己的双手一点一点往回拼。

这不单是一个天时、地利、人和的过程，更重要的是踩着钉子也不言弃的坚忍。从这个角度讲，他是一个英雄。世间所谓成功，不过半生血泪，半生孤寒，半生落寂，和半生狼烟；而所谓的英雄，也不过就是一生壮志、一场拼杀、一心包的热血，和满身的豪情。

第二辑

你不能这样就放弃

人生不如意事十之八九，要想减轻世俗生活和尘世事件带给自己的痛苦，那就站开一些，延伸、拉长、改变看它们的角度。这样，外在的经验没变，但是心变了，世界也就变了。

对生活的主控意味着对心的主控。把它交给别人，交给外界，交给仇人路人，自己都算是输。

喀布尔的歌声

崔修建

在成为一名国际志愿者前，她毕业于美国的名校，是一家跨国公司的高级职员，有很体面的工作和优厚的薪酬，是熟悉的朋友们十分羡慕的对象。

然而，一位同事发给她的一组照片，深深地震撼了她。那是喜欢摄影的同事，拍自于阿富汗的城市和乡村的写真照片，每张照片的下面，都配了简洁的介绍性文字。

望着照片上那些起伏的山峦、沙漠，那些挣扎在战争、饥饿和疾病中的人，她的心不停地震颤着，她突然觉得自己离那些人很近，他们就像她的邻居，那些目光里的迷茫或淡然，都在亲切地与她对视。她似乎听到了那来自遥远的国度的一声召唤，热切而真诚。

尤其是那张油画般的照片，惊雷般地击中了她的神经——昏黄的夕阳下，那个坐在磨盘上的少年，正对着远处连绵的群山秃岭，面色凝重地吹着口琴。风撩动他浓黑的鬓发，一只老狗垂着头，仿佛在听着少年的吹奏。照片下面的文字是：少年的父亲在喀布尔的一次炸弹袭击中丧生，她的母亲因药物匮乏，刚刚死于一场急性肺炎。12岁的他，就住在他身后那个摇摇欲坠的简陋的茅草屋里。

他该有着怎样的忧伤？他的明天在哪里？她这样轻轻地自问，说不出的疼，在心底冉冉地升起。她不禁想起了鲁迅说过的："无尽的远方，无数的人们，都与我有关。"

从那以后，她关切的目光，开始更多地投向那片战火长久不熄的土地上。那里的爆炸声、哭喊声、呻吟声，以及一幅幅新闻画面和一篇篇文字报道，让她再也无法像过去那样安安静静地翻看那些深奥的学术专著。那个遥远的国度里发生的很多事情，都会牵动她柔软的心。

有人不解地问她："为何要花那么多的时间，关心那么一个遥远的国家里与自己素昧平生的人们？"

她就给他们讲那些在动荡的国家里，时刻面临着生命危机的人，讲那个吹口琴的少年，她说："单从那张照片里，我就能听到那琴声里传出的忧伤，那么真切，那么孤独。"

后来，她加入了一个国际志愿者协会，成为一个非常积极的会员。那年秋天，她竟在众人的惊讶中，干脆辞掉了工作，作为一名志愿服务队员，毅然奔赴阿富汗北部山区，为那里饱受贫困和疾病困扰的人们，送去一份人道主义的温暖。

在那异常艰难的环境中，她耳闻目睹了许多惊讶不已的感人情景，她对那里的人们，面对苦难时所表现出来的淡定和从容，甚至是超乎寻常的乐观，留下了非常深刻的印象，也对苦难产生了更深的认识。譬如，那位几年间失去了三个孩子的大妈，脸上并没有人们所熟悉的那种巨大的悲伤，反倒有了一种参透了生命的淡然。那位大妈留给她的一句值得咀嚼的话是："活着，就要承受苦难，就像享受欢乐一样。"

她还倒了几次车，专程去了那个沙漠边缘的小镇，她想去见见照片上的那个少年，握一握他的手，听一听他的琴声。遗憾的是，她没能见到那位少年，听说他随一个大篷车演出队，到乡村巡回演出去了。少年的邻居告诉她，少年一直活得很阳光，似乎从没见他忧愁过。他还会演唱好几首中国新疆的民歌，因为有一个新疆来的导游，是与他很近的好朋友。

哦，是这样的。她的心里也陡然涌入了大片煦暖的阳光，感觉活着实在是一件很美妙的事情，尽管生活中有那么多的不如意。"不是我帮助了那里的人们，而是他们帮助了我。"这是她后来说得最多的感慨。

3月初，她来到了阿富汗首都喀布尔，因为每年的3月21日前后，阿富汗各地都要举办盛大的春耕仪式。她被当地居民邀请去参加他们的合唱团，他们穿着很简单的衣服，有的人甚至连一件没磨损的好衣服都没有，但他们每个人似乎都被快乐包围了，他们听从一个说话不大利落的老人指挥，很卖力气地放声高歌，每个人唱得都十分认真，十分投入，仿佛他们在完成一项特别重大的工作。她不禁大受感染，以往从不敢在众人面前开口唱歌的她，竟能与他们尽情地载歌载舞，两脚踏起的沙尘里，都漾着快乐的因子，自然早忘了那些烦恼和忧愁。

一年后，志愿者协会分配给她的任务圆满完成了，她与那些语言交流不多的人，竟有了难舍难分的感情。

回国后，她整个人似乎都变了，变得特别开朗，人们问她原因，她笑着说："是喀布尔的那些动人歌声，教会了我，无论生活是什么样子，都不能放弃快乐地歌唱。"

　　没错，尽管战争、饥饿、贫困、疾病和死亡，影子一样地跟在身边，但喀布尔市区的人们，和那些偏远山村里的人，都没有悲伤地抱怨，而是用欢快的歌声，唱着自己不肯跌落的对美好未来的向往，唱着对简单的生活点滴的满足。

　　面对苦难，报以朴素的快乐，那不仅仅是一种生活态度，还是一种令人敬佩的人生智慧。

你不能这样

王 磊

　　有个叫杰克的小男孩，他有个严厉的母亲，而就是这个特别的母亲用不一样的教育方法成就了他的一生。

　　杰克很怕冷，每到冬天，他就蜷缩在屋子的角落里，宁愿躲在破旧的屋子里，也不愿意接受寒风的洗礼。有一天，他的母亲对他说："杰克，你不能这样，为了你的身体你必须出去。"于是杰克开始冒着严寒，跑到外面去锻炼，他埋怨自己的母亲太心狠。风敲打着他的骨骼，雪覆盖住他的身体，日子一天一天过去，当杰克不再埋怨母亲的时候，他已经不再害怕寒冷。

　　杰克很怕黑，对黑暗的恐惧始终萦绕着他，他只愿意把自己的脸朝向阳光，却不停地躲避黑暗的考验。有一天，他的母亲对他说："杰克，你不能这样，为了你拥有坚强的意志你必须出去。"于是杰克开始踏入黑暗的领地。无尽的黑暗使他的心灵充满恐惧，在摸索中前进的时候，他开始怨恨自己的母亲。诅咒她不让自己享受光明的恩赐，却来到这里与黑暗为伴。无尽的黑暗蹂躏着他的意志，他恐惧、焦虑、茫然，但当他真正恐惧到了极点不想再坚持下去的时候，他发现自己已经不再恐惧，当他不再怨恨自己的母亲太狠心的时候，他已经不再害怕黑暗。

杰克很懦弱，他不愿意出风头，但更不愿意承担自己的责任，他宁愿躲在别人的庇护下，也不愿意站到阳光里承担自己的责任。有一天，他的母亲对他说："杰克，你不能这样，为了你的荣誉你必须出去。"于是杰克顶着别人的压力来到外面，他开始有点讨厌自己的母亲。别人的流言，对他的不信任以及生活的艰辛使得他多少次想转身逃走，但他知道母亲没有给他留回家的路。生活的重担磨砺了他弱小的身躯，使得肌肉变成了软骨，软骨变成了骨骼。当他不再讨厌母亲的时候，他已经不再害怕承担责任。

杰克很自私，他不希望别人分享他得到的一切，宁愿自己一个人自己咀嚼生活给他的甜美，也不愿意和哪怕是最好的朋友分享。有一天，他的母亲对他说："杰克，你不能这样，为了你得到快乐你必须出去。"杰克真的是硬着头皮向外走的，他真的开始不理解母亲了，甚至怀疑母亲到底在做什么。他看着属于自己的快乐被别人一点点分享，开始变得焦躁不安，他害怕这些人会把他的快乐全部拿走，剩下的痛苦是他不愿意承担的。但后来他发现，分享他快乐的人总是在用完他的快乐之后再给他一个更大的快乐。慢慢地，在彼此快乐的过程中，他发现了生活的乐趣。当他不再怀疑母亲的时候，他已经放弃自私的生活。

杰克20岁的时候，母亲告诉他，为了生活，他必须找到一个工作，于是带着20美元，他来到了一个很大的地方，开始打工。他擦玻璃，搬货物，送报纸，每当他遇到困难的时候，他就埋怨母亲的决定，可每次埋怨完，他就自己对自己说："杰克，你不能这样，为了将来你必须坚持。"生活路上风大雨大，他一直在泥泞的道路上坚持着。当他有一天知道这个地方叫作华尔街的时候，他已经不再讨厌艰辛的生活了。

当杰克45岁的时候，他已经成为了新的商业贵族。有件事情引起了极大的轰动，因为人们发现杰克曾经是个有智力缺陷的孩子。大家好奇地询问他的母亲，杰克为什么可以成功，他的母亲回答道："因为虽然生活对他是不公平的，但他不能就这样放弃。"

未来对于我们是什么，是憧憬伴随着无知。憧憬给我们以生活的希望，但无知却给我们数不清的烦恼。我们不知道明天的成绩单上是不是又是一个失败；我们不知道明天的工作是不是又是一个错误；我们不知道明天的生活是不是又是一个麻烦；甚至我们都不敢肯定今天对我们重要的人明天是不是仍然还在关心我们。我们打开明天的窗户，伸手去抓未知的空气，得到的是更大的恐惧。因为我们对未来有太多的期望，更因为我们对未来知道得太少太少，我们开始恐惧，开始怀疑今天所做的是否是正确的。

其实人生就是这样，当你超过遥远的那个目标的时候，它就不再遥远。当你经过明天之后，对明天的恐惧就不再成为恐惧。心理学家说，人们在现实中担心的事情绝大多数都不会发生，也就是说，你所恐惧的事情几乎都不会发生。也许明天会有炸弹落在你的大楼里，但这样的可能几乎是零，你还害怕吗？如果这个你都不害怕，你好恐惧什么？也许你胖，但可能就是因为这个特点你才注意身体，反而得到长寿；也许你害羞，但可能就是这个特点让你得到别人的喜爱；也许你口吃，但可能就是这个特点可以让你成为喜剧之王。

当对生活极度厌烦，准备放弃的时候，请来到我的身边，我会告诉你一个战胜一切麻烦的秘诀，那就是你不能这样就放弃。

在最深的绝望中，
遇见最美丽的惊喜　｜　方爱华

　　"天晴的时候，我想到山上赏鸟，到海边玩水……"

　　"天晴的时候，我想到花园种花，到果园采果……"

　　"天晴的时候，我想去拜访朋友，去逛逛市集……"

　　或许，每个人都有过一些梦想吧。对于身患血癌的几米来说，他的梦想甚至仅仅是看看鸟，赏赏花，或者到海边玩玩水……对生活于现代家庭中一个健全的孩子来说，这些梦想是多么简单。我们受尽家人的呵护，我们过惯了衣来伸手，饭来张口的日子，我们甚至因为每天都生活在蜜罐里，已经开始厌倦这种要风得风，要雨得雨的日子。然而不是每个人的生命中都充满了阳光，充满了快乐。不是每个人都生来这么幸福，也有很多人的生命里，雨始终下不停……

　　忧伤与绝望永远碰撞着我们心灵深处最柔软的角落。我们就这样在几米有点悲凉气氛的漫画作品里沉迷，仿佛看到某个曾经的影子。有时候，心多么像一只箱子，里面装满了各种各样的往事，悲伤、快乐、孤单、关于别人不理解的一切。当明天变成了今天，今天又成为了昨天，我们突然发现自己也在不知不觉中被时间推着走出去了很远，很远，而那些曾经的刻骨铭心似乎都成了别人的故事，我们也在故事里成了另一个自己。这就是成长吧，充满了幸福、苦痛，又无知无畏。

几米画笔下的颜色多么像童年时光，纯净斑斓，故事感十足。简单、细微的手法，营造着流畅诗意的画面：画里的男主人公永远都有森林、小白兔和可爱的小女孩陪伴。他们有时站在树上像鸟一样飞翔，有时倒挂枝头希望看看世界的另一面，有时为了寻找回家的路，历经千险。但他们总能发现美好，在跌落深井时却发现水面璀璨的星光，因为坚持等待一片不肯坠落的叶子，而想起整树翠绿的青春。即使在最深的绝望里，他们也可以让你遇见最美丽的惊喜。

心不知不觉在漫画里安静下来，莫名地感动，莫名地忧伤。寂寞慢慢袭来，还有无从排解的沉重。生命变化太快，太残酷，来不及准备，也无法预料。但是人生总会遇到很多意外，就算握在手里的风筝也会有突然断线的时候。不是吗？云云世界，生命又何其脆弱。厄运突如其来的时候，我们会感到束手无策的恐慌。而几米也一样，当他面对突然而来的血癌时，也充满了忧伤与无助。但他很快就不再害怕，更不曾失去心中的梦想，他始终在心里坚信，生活不仅仅有迷茫，也总有新的希望会带给自己。他开始用文学说梦，用图描绘梦，使那些嗜梦爱梦的人，即使在白天也能看到一场场无懈可击的好梦。

如果你在生活中也遇到了困难或者心情不好的时候，就像几米那样在夜晚唱歌给自己听吧，或者拿起一支笔，把埋藏在心中的那些感慨、伤痛和梦想都描绘出来。可以简单、可以深沉，可以抒情、可以喧闹。随便怎样吧！你会发现，静静聆听内心世界的声音，常常有令人欢喜的旋律响起。那个小男孩安静地躺在草丛里，然后有一朵美丽的小花长在他心中了。

　　生活有时候真的很奇怪，当你终于走过那一段内心孤单的日子，于是，所有的阳光又都重新回来了，生活又开始变得寂寞而美好。当你再次和那些挫折对视时，心上会立刻落满柔软的花瓣，眼里，永远都是微风拂过的宁静。你甚至能闻到几丝幽默及诘问的气息，一股智慧，以及心中的怡然。

　　几米说：所有的悲伤，总会留下一丝欢乐的线索。所有的遗憾，总会留下一处完美的角落。我在冰封的深海，找寻希望的缺口。却在午夜惊醒时，蓦然看见绝美的月光。

　　是的，生活可能没有你想象得那么好，但也不会像你想象得那么糟。如果你让自己的心中每天都能开出一朵花，那么，你就会每天都能感受到花朵绽放的姿态，如同你打开一本喜欢的书，会闻见一阵快乐的芬芳。

在旱季里扎根

朱迎兵

恢复高考的第二年，倪萍参加了高考。那年考生众多，录取率只有4%，倪萍的成绩与录取线相差8分，名落孙山。为了驱散心底的阴霾，她来到乡下的姥姥家。

姥姥是倪萍最亲的人，从小开始。倪萍有了心事就向她倾诉，她劝慰的话语，让倪萍度过了一个个难熬的日子。可是这次，几天过去了，倪萍仍心锁紧扣。

一天，姥姥让她陪着去地里收大豆。倪萍不想遇见熟人，推脱不去。姥姥说："野外风景不错，散散心也是好的呀！"倪萍勉强答应，与姥姥一起来到地里。正是秋高气爽的时候，天宇澄澈，大雁南飞，地里的作物都成熟了，色彩缤纷艳丽，风景如画。

姥姥的大豆地在一片缓坡上，倪萍和姥姥自高处收摘，高处的大豆叶子都黄了，摘下的豆粒颗颗饱满红润。渐渐收摘到低处，那里的大豆秧上叶子郁郁葱葱，大豆粒却很小，且颜色暗黑。

倪萍很疑惑，她问姥姥："按理说，坡上雨天存不住水，豆秧生长困难，而坡下土地湿润，大豆秧也长得很茂盛，可豆粒却是干瘪的，反差怎么这么大呢？"

姥姥慈祥地看着她，慢慢对她说："孩子，这你就不懂了。大豆生长最旺盛的时候恰恰是咱们这里的旱季，雨水特别少。坡上的大豆因为吸收不到更多的水分，就把根拼命地往地下钻，让叶子长得最小最少；而坡下的大豆虽然吸收的水分比较多，但大豆这种东西适宜干旱天气，水一多就只长叶子不长果实了。"姥姥眼望远方，一字一顿地说："其实，人不也是这样，都会遇到难过的坎儿，都有自己的旱季，关键是看你怎么生长了。越是旱季，越是成长的关键时期，越要努力扎好自己的根。"

倪萍没有想到，这块看着不起眼的大豆地里，却蕴含着这样深奥的道理，她豁然开朗了，紧缩的眉头舒展开来。

第二天，她登上回家的汽车，又到母校青岛39中复读，经过一年勤学，她在1979年的高考中顺利考取了山东艺术学院。

在此后的影视道路中，倪萍也时常遇到困难、挫折和误解，也常常笼罩在失败的阴影之中，可每当那些时候，她便会想起大豆地里姥姥的话，告诫自己：每个人都会有身处旱季的时候，越是这样的时刻，越是长果实的时候，因此更需坚韧起来，将根深深地扎入到泥土里汲取营养，最终就会收获饱满的果实。

不要抱怨上天的不公，有坎坷的人生才能更精彩，有艰辛才能更珍惜得之不易的幸福。人总要学会自己长大、独立思考问题，在面对困难时不是逃避而是学会解决，学会了这些就可以去实现自己的梦想，开创自己的空间。

不屈命运，绘出梦想最美丽的颜色

淡然

　　她出生在英国，外表美丽、性格恬静，职业是一名企业的女秘书。34岁之前，一切都相当顺利。婚姻幸福，有一个漂亮的5岁女儿，肚子里怀着期待已久的第二个宝宝。身体健康，身材苗条，享受着怀孕过程，似乎不能要求更多。没想到幸福的生活仿佛一夜之间发生了巨大的改变，一向身体健康的她，先是突然感到左臂非常无力，接着很快连说话都说不清楚……病症如此的来势汹汹，她有种非常强烈的不好预感。果然两个月后，她被确诊患上了运动神经元疾病，这类病也被称为"渐冻人症"，病人会随着病情的不断发展恶化，最后全身器官衰竭而死亡，这让她内心里开始既恐慌又绝望。

　　很快她便全身瘫痪了，生活也无法自理。这时她的人生再次面临一个沉重的打击，爱人眼看着她没有复原的希望了，便在某一天绝情地离她而去。曾经幸福的婚姻转眼间走到了尽头。此后她的精神一度非常抑郁。一天，她甚至想到要悄悄结束自己的生命，准备吞下悄悄藏下的100片安眠药。没想到心细的妈妈发现了，及时抢下了她手里的药，这才挽救了她。但她难过得放声痛哭，责备妈妈不应该救她，她这么一个无用的废人，活着只能是长久地拖累别人，还不如让她去死。可这时妈妈鼓励她说，孩子，苦难和挫折并不能阻止一个人前进的脚步，只要坚强，以百折不挠的勇气战胜一切困难，那么上帝一定会伸出他的无限仁爱之手，为你创造出生命不朽的奇迹。

母亲的话让她沉重的心变得豁然开朗。是啊，即便她失去了健康的身体和美满的婚姻，可她并没有失去全部，她拥有两个活泼可爱的孩子，而且还可以拥有人生奋斗的梦想。从此，病榻上的她变得乐观而坚强。

时光如白驹，转眼间到了2010年，这也是她生病的第11年头，某天，她突然间萌发了要绘画的梦想，但是她是一位高位截瘫的患者，身体从脖子之下全部都不能动，又怎么能绘画呢？但幸运的是，某慈善机构听说她的事情后，为她捐献了一种最先进电脑仪器——"拓比眼动仪"，帮助她实现了她心中的梦想。

第一次作画时，她心里既紧张又好奇，难道真的用眼睛就能做画吗？可是当她朝着眼动仪的屏幕眨了一下眼睛时，奇迹出现了，鼠标立即转换成光标，仿佛一支笔一样居然也跟着移动了……那天，她努力作画，终于画成了一朵色彩鲜艳的红花，这让她内心不禁欣喜若狂，随即又流下了激动的泪水。她说，妈妈，我成功了，我可以画画了，以后我有了奋斗的目标。妈妈欣慰地笑了，点点头说，孩子，努力就有收获，你不是做得非常好吗？从此她更加勤奋了，每天都坚持不懈地用眼睛盯着眼动仪的屏幕练习画画，有时一画就是一天，她的作品越发的出色，赢得了周围许多人对她的认可。

终于她的勤奋有了回报，在眼动仪的帮助下，她用眼睛完成了一幅幅色彩绚烂的美丽画作，并与2010年6月在伦敦成功举办了自己的个人画展。画展中共展出了她近百幅的最特别的绘画作品，参观画展的人们都给予她高度评价：这是我们看到过的最特别的绘画作品，阳光而且让人奋进。而她，将画展所得的全部收入，捐赠了出来帮助和她一样不幸罹患运动神经元疾病的人购买电脑等用品。与此同时，她还积极撰写一些文章，给保健专业人士做讲座，制作了两部影片，多次参加图片拍摄……她说，这么做旨在普及运动神经元疾病的知识，从而帮助更多患者树立信心。疾病没什么可怕，只要你有战胜困难的决心。

正因为她的无限爱心之举，才光荣地一举摘得"2010年伦敦犹太人新闻社区英雄"大奖。她的名字叫伊齐基尔，一个生活中奋发向上、永不言败的强者。

当有记者采访询问她成功的秘诀是什么时？她坚定地回答，努力加上勤奋。当上帝为我关闭一扇窗的同时，又为我打开了一扇神奇的窗户。我不是个天使，但上帝依然为我创造了奇迹，所以我要珍惜，用眼睛绘出梦想最美丽的颜色，然后用百倍的努力去回馈上帝对我的最佳恩赐。

那些都是别人的事儿

清 心

　　我有一个男同事，相貌奇丑。不仅身高只有一米五，且五官错位，下巴上翻，满口只有五颗牙。他分配到我们单位时，因为丑，没有一个科室愿意接收他。最后，局长将他安排到后勤工作。那里跟外界接触少，能尽量避免一些尴尬。

　　在很多场合，人们遇到他都会纷纷侧目。甚至在上下班途中，常会有三五成群的小孩跟在他的单车后奔跑，嘴里还大声叫喊着：怪物，快来看怪物……因长得丑陋，同事待他也非常冷淡。投到他身上的目光，多是带着刺的嘲笑。那些锋利无情的刺，足以扎到他身心俱痛。

　　只是，他似乎对遭遇的一切都毫无知觉。终日乐呵呵地，看到谁都一脸阳光地主动打招呼。他每天微笑着来，微笑着走。日日将本职工作做到无可挑剔，即使打扫厕所，亦会哼着歌，把便池擦得洁净光亮。自上班始，他从未跟局长提过任何要求，在单位里，他是最服从分配的一个，且服从得心甘情愿。

　　后来，局长听说他打字极快，就调他去了办公室。自此，他成了全局最忙的那个人。常常晚饭都顾不上吃，在单位加班加点，只为完成那一份接一份的公文。无论是谁，不管是股长还是普通职员，凡拿来资料或文件让他帮忙的，他都欣然应允。日复一日，他将头埋在电脑前，不曾叫过一声苦累。忙碌的间隙，他会抬头望望窗外。大家看到那张丑陋的脸上，竟有暖煦的笑一朵朵升起。

同事私下说，这个人，不仅长得丑，脑子也不灵光。这年头，这种为他人作嫁衣的工作，还有谁会毫无怨言地长期干下去？大家望望他面前堆积如山的文件，再看看他一丝不苟的样子，摇摇头，内心有不屑轻轻飘过去。

男大当婚。一些亲朋开始为他张罗对象。女方条件都不怎么好，但大家想，他生得那样丑，有姑娘肯嫁就不错了。先是一个下肢瘫痪的残疾人，他见也没见。再是一个小裁缝，他见了，却摇头说，个子比我还矮，对后代有影响，不行。又见了一个农村姑娘，他仍然摇头，说文化太低，我说的话她都听不懂，以后还怎么过日子？有人问，你到底要找什么样的女人啊？他笑笑，脸上浮起一抹羞涩，找个我喜欢的就行。那人又问，你喜欢什么样的呢？他答道，个子高，有文化，身体没有残疾，而且从心里想跟我好好过日子。问的人摇摇头，不再说什么。心想，这个人，真是心比天高，命比纸薄。

许多人劝他：你自小在农村长大，家里穷，自身条件又差，凑合着找一个算了。他仍笑着说，终身大事，怎么能凑合呢？我相信，世间总有一朵花，在为我开放。我一定会找到她。无论多久，我都会等下去。

35岁那年，他终于等到了自己的爱情。女孩高中毕业，身高一米六五，长得很端庄。家人对她的选择坚决反对。女孩对父母说，你们不要以貌取人。他不仅聪明能干，身上还有着许多其他男孩子没有的优点，我相信，跟着他，日子一定会越过越好的。婚后不久，他被提升为法规股股长。面对同事的惊讶与不解，局长说，他是我见过的，最称职的职工。当然，凭他的能力，也会是最棒的股长。

　　一次逛商店，恰巧遇到他的妻子。她在帮他挑领带。她拉住我说，我挑半天了，这三条，都适合他。你帮我选一条最好看的吧。眼前的女人，穿着长靴短裙，头发烫成很时髦的款式。她的脸上，写满了幸福与快乐。

　　婚后第二年，他们的女儿出生了。女儿长得很像他，一点也不漂亮。但女儿也如他一样，从小便非常自信。3岁时，有人问她，甜甜，你像爸爸还是像妈妈？她绽开笑脸，快乐地答，我像妈妈一样美丽，像爸爸一样聪明。

　　那天我问他，人们对你那样无礼，那样不友好，你如何能做到满不在乎，如何能始终保持快乐的心情呢？他说，别人所做的一切，都是别人的事情。而我更应该在乎并为之努力的，却是自己的事情。我的事情，就是如何让自己快乐，让生命丰盛，让生活美好。

　　他的话，如暗夜的灯光，将我的心瞬间照亮。是啊，别人的鄙夷与嘲笑，别人的误解与轻慢，别人的冷漠与疏远，这所有的，其实都是别人的事情。一直以来，我们的目光太久地投射到别人的事情里，却偏偏忘记了自己的事情。其实，人生在世，那些自己的事，才是最重要的啊。只有将目光收回到自己身上，朝着心中的理想专注地努力下去，才会离幸福和成功更近。

清水洗苦

刘代领

那年她高考又落榜了，在县城看完榜后，她觉得这次真是无颜见"江东父老"，一直挨到天黑才回家。

第一年高考落榜对她的打击还不大，那时在农村高中，复读生上榜率才高，第一次高考考上大学的，四五十人的班里不超过十个。

第二次高考，学习成绩前十名的她被老师、同学和家长很是看好，考个名牌大学不成问题。可是，谁也没料到她会落榜，而一些平时没她成绩好的同学考上了不错的大学。

落榜后的她在家里伤心难过，一连好多天躺在床上不吃不喝，更不愿意走出家门。父母知道她内心悲苦就劝导她，可那时的她什么都听不进去。从小她就爱听姐姐的话，父母便想到让她已出嫁的姐姐去安慰她。

姐姐把她接到了家里，对她说："我们没工夫，你帮我们砸杏核淘洗苦杏仁吧。"姐姐家有一片杏林，每年都捡拾很多杏核，也会给娘家送杏仁。杏树有苦杏仁树，有甜杏仁树。甜杏仁基本都被人吃了，捡拾的大多是苦杏仁的杏核。这次她在姐姐家，她咀嚼了一颗苦杏仁，苦得她立马吐了出来。姐姐说，苦杏仁不能直接吃，吃多了还会中毒。姐姐还告诉她，落榜了没什么，如果一直悲伤下去走不出来，伤害的是自己。

她砸完杏核后，姐姐便让她每天用清水淘洗，早上一遍，晚上一遍。一个星期过去了，那些苦杏仁经过清水的反复淘洗，已经没有了苦味儿，咀嚼起来，满嘴溢香。

姐姐语重心长地对她说："考不上大学，大家都知道你内心里有苦。你内心有苦不能整天存在心里，要把它释放出来。以后的人生路还很长，难道你从此就一蹶不振？家里人也没谁怪意你。只要你想上学，家里还很支持你。"

听了姐姐的劝导后，她觉得自己如果被一点点挫折所击败，那真的是太幼稚了。还想起了她喜欢的作家冰心老人说过的：愿你生命中有够多的阴翳，去编织一个美丽的黄昏。是啊，人生中所有的苦涩，经过时间的沉淀，或许馈赠给你的正是一种甜美，一种财富。

她又去复读了，抛弃落榜的苦涩，以清明的心境投入到学习当中。第三次高考，她考上了外省的一所知名大学。

她去上大学时，姐姐给她带来了一包她爱吃的杏仁为她送行。她不禁微笑地对姐姐说："谢谢你以前让我淘洗苦杏仁，使我明悟了许多生活的道理。否则，我就不会那么快走出那段苦涩的日子。今后，我会更加勇敢地面对生活的。"

大学毕业后，她找工作不容易；后来，她有幸进入一家外贸企业，从基层做起，把吃苦当作一种锻炼，慢慢地成长为一名经理；再后来，她开办了属于自己的外贸公司，生意做得风生水起，当然，公司起步阶段也经历了一段艰辛与困苦。

许多年过去了，想起自己经历过的一段段苦涩的日子，她感慨万千：谁的人生中没有苦涩？学会用内心的清水淘洗去心灵的苦涩，以阳光般的灿烂心情迎接生活，拼搏进取，勇往直前，终将会迎来苦尽甘来的日子。

生活家

凉月满天

　　我的同学，个个都是生活家。

　　这是我自造的一个词。

　　一个同学，喜欢收老物件，家里纺车啊，马灯啊，还有树墩子，林林总总。她又会画画，把家里的旧柜子涂成红身蓝面，画上金色花。如今又迷上了烤面包，肉松的，果酱的，看得我馋死了。她没事就喜欢出去看花，缤纷花海里一袭浅蓝衣衫的背影。

　　谁也想不到她是死里逃生。

　　去看新房，从高高的电梯井掉下去，浑身骨头都碎了。我以前住医院，见过一个车祸断腿的人，惨叫得人骨头缝里替他疼。她却是被送医院，熬过不知道比断腿多少倍数的疼痛，成了全病房里最快乐的人——她说："掉下去的时候，想着完了，要死了。结果没有死，这多么让人高兴。"

　　所以她现在高兴地休着假，高兴地画着花，高兴地养着狗狗猫猫，高兴地忍着腰疼——腰里还打着钢钉——烤面包。狂风抽了她多少耳光，暴雨又浇了多少遍的透心凉，还能活得这么有滋有味，我觉得就该封她一个生活家。

还有一个同学，喜欢看童话。四十五岁了啊。同学聚会，夜来睡在她家。三个人挤在一张床上，好静的夜。我听她讲："有一只蝴蝶，想过一种稳定的生活。她找到了这朵花，觉得不合心意，离开去找另一朵花，还是不合心意。就这样飞啊，飞啊。忽然一只捕虫网当头罩下，她被捉住，被一只长长的钢钉刺穿，钉在纸上做成标本。她想："啊，这个结局也不错，起码它是稳定的。"这个童话我至今记得，更记得那个寂静的夜晚，另一个同学睡着了。她的声音稳稳地传过来，又安静，又柔和，可以安抚悲伤，可以劝诫迷茫。她的生活也是有滋有味的，爱人出差到我的小城，想念她，把她召来——我想拐带她来我家，她老公把她抓得死死的；孩子也是二十岁的大小伙子了，还会张开胳膊，对矮他一个头的她说："妈妈，抱抱。"

结果第二天早晨，那个没有听见童话直播就睡着的同学放声大哭。我们吓死了，问："怎么了怎么了？"她哇哇地叫："这么美好的一晚上，就这么过去了。呜呜……又要分开了呜呜……"这个同学，我满心伤痕的时候，买张票跳上火车直奔她家。她和她老公带着我逛水乡，一路映水红灯，店铺如林。她老公紧攥着她的手。我调侃她："你们两口子秀什么恩爱。"她说："才不是。他不敢松手，他一松手我就得冲出去买东西。"可是老公一会儿摸一把她头发，一会儿又摸一把她头发，就是秀恩爱嘛。她一回家里，马上系围裙给老公蒸鱼——秀恩爱的生活家。

烤面包，讲童话，秀恩爱，这些有什么好？

可是这些就是生活。

小时候，爱绣花。一块细白布用圆圆的竹绷绷起来，各样丝线绣出绿叶红荷五彩鸳——是真的五彩，脑瓜顶上的羽毛都是我用五种丝线绣出来。又占时间又磨手，绣它何来？可就是觉得好。好是什么？就是有趣喽。有趣是什么？就是这种生活方式我喜欢，人若不解我，我亦不足与人说——白素贞为什么嫁给许仙，还搞出开药铺、偷官银这么多事？不就是她觉得凡人柴米油盐的有趣吗？所以人真不能动动手指就什么都有，来得太快太容易的东西不珍惜，过得太好太顺遂的日子没意思。一定要历过劫，深入想过生活的意义，知道真情比黄金贵，才有资格当生活家。

网上老是流传谁谁辞职不干，归隐田园，栽花种菜，可是村里百姓天天过的就是这生活，却没有人艳羡，大约是觉得除了这种生活，他们只能过这种生活。而我们艳羡的是明明可以过那种生活，却偏偏要过这种生活的情趣和选择。看我的同学们，别人都买房买车，她们选择烤面包；别人都拼升职加薪，她们选择看童话，养童心；别人都角斗厚黑，她们选择恩爱共生。

——这才是生活家们过的有趣的生活。

我是生活家吗？我不算。我宁可买面包也不愿烤面包。我也养不活花花草草，我的生活干枝寥叶的。可是当我一行行地写出字来，或者一行行地读进书去，我就觉得不干渴——我爱这干枝寥叶的生活。那么，我这个人虽不有趣，这种生活却是我觉得有趣味的。

那么，所谓的生活家，大约就是采取各种各样的表达方式，只为着对生活说这三个字。

——哪三个字？你猜啊。

生命时时刻刻都在开始

瘦尽灯花

有一个家伙很倒霉。

他本来工作体面，婚姻美满，却自毁前程，"成功"出轨，把老婆变成前妻。紧接着公寓又失了火，自己还被一个老头开的一辆老爷车给撞了，颈椎受伤，脖子戴起白领圈，看起来像头滑稽的公牛。之后又被炒鱿鱼，紧接着唯一的一辆车也被偷。他拿最后几块钱买了张车票去找前妻，恳求她能让他住在她的空房间里，结果前妻给了他一顶帐篷，把他赶了出去。

于是，他就从一个有家有业的金领人士（他既是资深播音员，又曾经是当红大报的编辑部主任），堕落成一个无家可归的流浪汉，只落得捡啤酒瓶为生，卖瓶子的钱还要先付在草坪露营的租金。

第一晚扎营，已是黄昏，天要下雨。他没有经验，忙活得一头汗，一个声音忽然响起来："把它绑在树上，再送一条绳子到你后面的电线杆。"接着，毛毛雨下起来了，这位不知名的朋友和他一起把帐篷架起，然后把锤子一丢，走开了。问他叫什么名字，他摆摆手，说："别客气。"他再也没见过他，仿佛他只是被派来帮他架起帐篷开始一段新生活的天使。

在这个地方，他认识了很多流浪汉。有人给他一双干袜子，有人分给他一些空瓶子，有的人发了财（路人施舍给他五块钱），就买东西回来大家一起吃。他不用再考虑晋升，婚外情，付电话费，只需要想怎么填饱肚子。在寒风凛冽的天气里，从垃圾筒掏些旧报纸来塞住帐篷的空隙。

有一天，他从报纸上浏览到一条招工启事，对方要找一个有工作经验的电台播报员。这对他可太合适了！

他跑到电话亭，往投币口丢下宝贵的二十五美分，打通了电话，结果人家却告诉他，负责人不在，等他来了回你电话。电话挂了。他开始等待。三个小时，没有回电。

第二天一早他就起床，准备在电话亭旁边打持久战。九点三十五分，电话终于响了。负责人问他有没有工作的经验，他调动起他那迷人的胸腔音，说："我不时地做过些播音工作，在过去二十年里。"他一边说话一边祈祷，希望他伪装正在自家客厅里讲电话的时候，旁边不要有大型车辆隆隆开过。

最后，负责人让他去试播。挂了电话，他大叫一声。旁边两个家伙路过，问："伙计，有什么喜事？"他把原委一说，其中一个慢吞吞地问："你打算怎么去？就这鸟样？"

的确。

他长毛如贼，已经几个星期未理，衣服脏兮兮，而自己连买肥皂的钱也欠奉。再加上还需要往返的车费，他这才惊觉自已有多穷。

那两个人互看一眼，说："来吧！小子。"

于是，这个已经四十五岁的老"小子"就乖乖跟他们到一圈帐篷那里。扎营在那里的几个男人每个都丢了一点钱往一个小小的棕色纸袋，让他拿这笔钱去洗干净他的衣服，旁边住小拖车的一个妇女则保证给他熨平。

几个钟头后，他衣着光鲜地出现在广播电台，得到了那份工作，一周可得一百元！

他成了营区里的有钱人，搬到一间小木屋里面。气温下降，他轮流邀请朋友们分享他的房间，也请他们一同花他的钱。他从来没有忘记他们曾经为他做过些什么。在这里，他终于学会了感恩。

后来，他又有了更好的工作，离开了那个地方。那九个多月的时光，他学会了忠心、诚实、真实和信任，学到了简朴、分享和存活，学到了失败不是死亡，学会了不去诅咒，而去感恩——从他拖着露营用具跋涉到公园的那一天，他好比死去之后，重获新生。

他甚至感谢偷走他车的小偷，感谢那烧毁他公寓的一把大火，感谢赶他出门的前妻，感谢坏天气和曾经饿得空瘪瘪的肚皮。他感谢他遇到过的所有人和所有境遇，因为所有这一切都让他明白一个道理：生命从来不是结束，它时时刻刻都在重新开始。

一个强盗追赶一个禅师，一边追一边叫："停下！你给我停下！"禅师一边跑一边回嘴："我早停下了，你还没停下。"强盗一听，如遭雷击，觉得自己仿佛刚刚死过一回，立马扔刀下拜，禅师回转身来，笑着说：善哉，善哉。

所以佛家又讲：此前种种，譬如昨日死，今后种种，譬如今日生。原来人的一生，死并非只有一次，只要你愿意，每个人都可以在每一个时刻，给自己举行一个小小的葬礼，然后转过身来，用眼下的黄金时刻，创造未来崭新的自己。

被一只猫咪改变的人生

孙建勇

工作繁重的卡特芮娜越来越感觉身体吃不消了，回到家瘫坐在沙发里，禁不住嚎啕大哭。

1981年，卡特芮娜出生在美国俄亥俄州哥伦布市的贫民窟，家境的贫寒使得她在高中就辍了学，同时去打两份工。由于她视力不好，相对轻松的岗位都排斥她，只有那些要么脏要么累的工作才有她的份。有一段时间，她白天在一家超市当收银员，晚上则赶到附近一所学校打扫厕所，每天忙到凌晨。如此高强度的工作持续了整整一年，卡特芮娜身心极度疲惫，整个人几乎都要虚脱。这天下班回家，想到身体负累沉重，生活又毫无起色，卡特芮娜再也控制不住自己的情绪，痛哭起来。

这时，贝娜像个懂事的孩子一样，钻进卡特芮娜的怀里，喵喵地叫着，好像是在安慰着卡特芮娜。贝娜曾经是一只瘦骨嶙峋的流浪猫，几个月前，卡特芮娜见到贝娜时，它营养不良，无精打采，蜷缩在街角旮旯里。卡特芮娜将贝娜抱回家，喂养和调理一段时间后，贝娜变得越来越精神，也越来越强壮，皮毛油光顺滑，成了捕鼠能手。

抚摸着怀中的贝娜，卡特芮娜的情绪逐渐平复。"我是不是也应该像贝娜一样，把自己的身体调理调理呢？"卡特芮娜想，"否则，我肯定无法支撑下去了。"这个念头一经闪过，便越来越强烈，越来越清晰。卡特芮娜本来就是一个有想法就要行动的姑娘，第二天，她辞掉了收银员的工作，强迫自己去做健身运动。

当然，没有多少积蓄的卡特芮娜不可能选择高档健身会所，只能去附近一家廉价健身房。在健身教练指导下，她每天坚持练跑步，练器械，练俯卧撑……每一样都做得非常认真，保质保量，绝不偷懒。为了配合健身练习，在饮食上，她也开始科学控制，合理搭配。一天，两天，三天……咬牙坚持了一段时间后，卡特芮娜惊喜地发现，自己的身体慢慢发生了变化，肌肉变结实了，身形变优美了，更重要的是，过去经常袭扰她的疲惫感没有了，整个人精神焕发，活力满满，夜间去清洁厕所时，也不感觉到累了。这些变化使得卡特芮娜坚信当初辞掉收银员工作去健身的决定完全正确，在接下来的日子里，她一直都是白天健身，晚上清洁厕所，而且更加努力和勤奋。

2015年，卡特芮娜终于收获了巨大的惊喜。这年3月，在健身教练的鼓励下，卡特芮娜作为业余组选手报名参加阿诺德健身大赛，结果，她漂亮的肌肉线条引起了大赛评委的关注，并在随后的IFBB比基尼小姐比赛中夺得亚军。一战成名，卡特芮娜成为健美新星，受到美国各大媒体的热捧。2016年，她层楼更上，从众多优秀的健美选手中脱颖而出，幸运地成为了美国最大建身网站"博迪步优丁"的签约模特。如今，美丽而健康的卡特芮娜充满自信。

卡特芮娜的人生因一只猫咪而彻底改变，面对媒体，她曾经不止一次说："我要感谢我的贝娜，是它在我绝望的时候给我指明了方向，贝娜真的是我的幸运猫咪。"

其实，改变卡特芮娜命运的哪里是一只猫咪？分明是她自己。法国作家维克多·雨果说过："当命运递给我们一个酸的柠檬时，让我们设法把它制造成甜的柠檬汁吧。"卡特芮娜就是这样一个努力制造甜柠檬汁的女孩。

再等一天

周海亮

　　他下了决心，要在那个周末，结束自己年轻的生命。他知道自己是那样脆弱，可是没有办法，一切，都那么无奈和伤心。

　　高考落榜，女友离去，职位被炒，应聘失败，生活不断跟他开着恶意的玩笑，摧毁着他可怜的信心。他一点点变得穷困潦倒，颓废不堪。一个月前，他去应聘一家大公司。他把那当成最后的希望。假如应聘成功，他想，生活还可以继续；假如失败，那么，他将选择自杀。

　　并不是他把那个职位看得多么重要，而是他害怕再一次失败的感觉。清晰的、刻骨铭心的、世界变得灰暗寒冷的感觉。那种感觉，他太过熟悉。

　　他脆弱的神经，已经不能承受任何最轻微的打击。

　　可是直到两天前，他也没有收到那家公司寄来的录取通知。那是最后的期限。显然他已经被淘汰了。这是致命的失败。

　　母亲周末才能回来，他写好了遗书，放在茶几上。想了想，又放进写字台的抽屉。他不想让母亲过早发现他的遗书。他去意已决。

他把生命的终点，选择在一个遥远的风景区。他坐上火车，咣咣当当，直奔那里而去。一路上他什么也没有做，只是蒙头大睡。也有睡不着的时候，他就把打开的手机关掉，再打开，再关掉，再打开。他不知道自己还在等待什么。是啊，一个临死的人，还有什么可以等待的呢？

他在清晨接到母亲的电话，那时他刚刚醒来，正倚着列车的窗口发呆。他看到熟悉的电话号码，眼泪一下子涌出来。他想还是接吧，听听母亲的声音，也让母亲听听自己的声音。可是他想，不管如何，不管母亲如何劝他，他也不会回去。

他不想面对失败。但他可以面对死亡。

母亲说你在哪里？怎么不回家。他问有事吗？母亲说那个公司的录取通知刚刚寄来，她刚刚帮他签好了名字。他问真的吗？母亲说这还有假。他说你去过我的房间吗？母亲说去过。他说你在我的房间里发现到什么吗？比如一张字条。母亲说什么字条？你怎么了？他说没什么。我马上回来。

他相信，母亲没有骗他。或者，即使母亲在骗他，当他发现事情的真相，也会坚持自己的选择——结束生命。只不过，将会把时间推后几天而已。

他在下一个小站下车，然后直接登上返程的列车。两天后，他真的从母亲手里，接过那张录取通知。于是他去那家公司上班，涨薪，升职，心情变得越来越好，跳槽，开办自己的公司，一路走下来，事业越做越成功。

他一直保存着那张遗书。直到某一天，他把它拿给自己的母亲看，他说，我是死过一次的人了……如果，没有那张及时的录取通知……

母亲笑笑。"我看过了。"她说。

他愣住。

母亲说，那天在你的抽屉里，看到的。其实那天，并没有录取通知，可是，我仍然打电话给你……

可是那张录取通知，却是真的啊！他说。

当然是真的，母亲说，只不过，通知是在我打完电话后的第二天中午，才寄到的。那时候，我正在考虑，你回来后，我如何开导你，才能打消你轻生的念头……

母亲的话，让他后怕不已。他想，假如母亲不用一张虚构的录取通知骗他回家，假如在他回家时，那张录取通知仍然没有寄来，那么，他将肯定选择结束自己的生命。他知道年轻时的自己，冲动并且脆弱。

可是他仍然活下来，只因为，他多等了几天。这几天里，因为一张录取通知，一切峰回路转。

其实一切都没有改变，包括路途中的录取通知。改变的，不过是他的生活，以及心情。

所以，有时候，当你面临绝境，接近崩溃；当你心灰意冷，打算舍弃一切，这时候，不妨再等几天，哪怕仅仅一天。说不定，一切都会好起来。

第三辑

灾难不过掌心雪

灾难是这个世界上避免不了的事，天灾人祸都是如此。当灾难来临，有的人惶惶不可终日，有的人愤怒地冲着灾难吐口水，有的人平心静气，任它来去两由之。灾难好比试金石，平日里的高官显贵不顶事，厚禄高爵没用处，修行打坐全无济，只看你的心是怎样，你就是怎样的一个人。

生命高贵的标签

朱迎兵

在一片茂密的森林里，杂草横生，藤蔓蜿蜒，一队士兵正在丛林里迅速穿行。

忽然，一位军官不慎跌入一片沼泽，他的身体迅速下陷，污浊的水很快就淹到他的胸口，其他士兵围拢到他的身边，准备拉他。他大声说道："都退后，这里危险。"说罢，他双手紧紧拽住沼泽地旁的野草，奋力向上攀爬，不知是泥水还是汗水从他的脸颊上滚落下来。他爬出了沼泽，裤脚被荆棘划破了，左腿露出一截假肢。爬出沼泽的他，恢复了英姿飒爽的模样，命令部队继续前进。他，就是这支部队的长官弗兰克斯少校。

去年的这个时候，弗兰克斯躺在死气沉沉的病房内，凝视洁白的屋顶发呆。几个月前，在柬埔寨的一次战斗中，一块手榴弹片嵌入他的左腿，由于医治延误，造成感染，被紧急送回国后，医生决定为他做截肢手术。

弗兰克斯1970年从西点军校毕业，是一名优秀的军人，终身从军是他的理想，但截肢以后，似乎可以选择的唯有退伍。退伍于弗兰克斯而言不啻灭顶之灾，他实在不想脱下军装，他感到自己仍有许多东西可以贡献给部队，如作战经验、技术知识、解决问题的能力……但是他能通过每年一次的健康考核吗？健康考核包括徒步行军两英里，这于截肢后的他实在是个难题。

装上假肢后，他回到部队，却迟迟不去办理退伍手续，他迷恋职业军人的生活啊！

每天傍晚，弗兰克斯去和战友们打棒球。打棒球是他最大的爱好，在军校时他曾是棒球队的队长。如今他没有了昔日球场上的雄姿，轮到他击球时，要靠别人为他跑垒，这让他极为沮丧。

有一天，弗兰克斯等候击球轮次，看到一名队友漂亮地滑进了第三垒，他想：我失去了左腿，可还有右腿，并且有敏捷的思维，如果我做同样的尝试，情况会怎样呢？

当弗兰克斯击球时，他一棒把球击到球场中央。替他跑垒的战友刚刚要像往常那样去跑，被他叫嚷着阻止，他一跃而起，迈着僵硬的假肢，一瘸一拐地奔跑起来。在第一垒和第二垒之间，他瞅见外野手将球抛向第二垒的守垒员。他充分利用右腿的力量，带动假肢拼命前冲，他睁圆了眼睛，大幅度摆动手臂，一头滑进了第二垒。裁判喊道："安全入垒！"弗兰克斯欣慰地笑了，他感觉健康考核不再是威胁了。

此后，弗兰克斯每天坚持跑步，尝试运用假肢完成各种翻越动作，在随后的年度健康考核中顺利通过。上级也曾担忧他能否担任指挥官的工作，弗兰克斯用一次次越野训练的优异表现交上完美的答卷。

2000年6月，弗兰克斯被委任为美国中央司令部司令，晋升为四星上将。直至如今，他依旧活跃在军营里，甚至时常深入军营与普通的士兵一起生活。

《华盛顿邮报》发表过弗兰克斯回忆那段人生阴霾的文章，在结尾处弗兰克斯写道："对生活的热爱，对困难的挑战，是我们生命高贵的标签。"

灾难是握在掌心的雪

朱迎兵

1945年9月，二战硝烟散去，战争胜利了，但莫斯科仍笼罩在阴云里。很多家庭失去亲人，大量的人在战争中残疾，这些就像城里被摧毁的建筑，面目狰狞，勾起人们痛苦的回忆。

15岁的伊万，是一个平民家的孩子，他才华出众，小小年纪已发表了多篇文章。他11岁时，在敌人的一次空袭中，不幸受伤，性命保住了，却失去右手。今年他读中学了，步入青春期的他，面对老师、同学们怜悯的目光，觉察到自己与众不同，活泼的他好似变了个人，整天沉默寡言，如同一块坚硬的生铁。

罗果娃是伊万的老师，这个周末，她交给伊万一张采访证明，布置了一项特别的作业，要他周日去参观一次现场绘画比赛，并要对参加比赛的人进行采访，写成文章。

周日上午，伊万一早就来到比赛现场——红场，这里已聚集了很多人，在广场中央，有50多人正在作画。只见那些人中，有失去一条胳膊，用一只手作画的；有失去双腿，挂着拐杖，却用宽大的油笔挥毫的；还有失去双臂，或用嘴巴叼着笔，或用脚趾夹着笔画画的……有老人、青年、少年，甚至还有几岁的孩子。

伊万向工作人员出示了采访证明，被同意可以进入场地采访。他步入了作画的人群中，一幅幅不同风格的画卷跃入了他的眼帘。

忽然，一幅画让伊万步子慢了下来，作画的是一位老人，他的脸上布满了伤疤，只有一条腿。他画的是战事结束后的沙场：一轮明月高悬夜空，透过还未散去的硝烟，露出明丽的脸颊。月光下，几名战士在篝火旁聊天，一名小战士靠近篝火，在读一本书，书上的内容大概非常有趣，他正咧嘴微笑着。

伊万采访了老人，得知老人是名画家，曾参加过莫斯科保卫战，画面上的内容是他亲身经历的。

最令伊万震惊的是一个姑娘，她比伊万大不了几岁，身材高挑，面容清秀，特别是她的眼睛，蓝得如同纯净的宝石，美丽极了。如果不是刻意去观察她，根本看不出她有残疾。她的双手十根手指都没有了，只有两截断掌。她用两截断掌，夹着一支铅笔，画一幅素描。画面上一头阿穆尔虎威风凛凛，在冰天雪地里仰天长啸，惟妙惟肖，栩栩如生。

姑娘非常健谈，她热情地告诉伊万，她很喜欢研究动物，特别是俄罗斯的珍稀动物，如阿穆尔虎、远东豹等等。为了近距离观察到它们，她央求动物学家爸爸带他去山地林区去寻访它们的足迹。在寻访的过程中，他们没有被凶猛的野兽伤害，却在一天遇到了几个德国兵，德国兵扔来一颗手雷，爸爸生命逝去，她死里逃生，却失去了十根手指。说完，她举起自己的手掌，笑着说："现在我经常去观察野生动物，有天堂里爸爸的庇佑，我没事。虽然没有手，但我还有生命，腿也好好的，能疾步行走。而且，经历了生死离别，我的性格更沉静了，原先我根本坐不住，现在可以了，我这画画的技巧，就是出事后学习的。"

参观了绘画比赛后，伊万被深深震撼了，想到自己受到的那点伤，和这些人比起来，简直微不足道。他心头的阴霾一扫而空，回家后，他很快写了篇文章，交给了罗果娃老师。

不久，发行量很大的《新闻报》发表了署名伊万的文章，在文章的结尾处有这样的一段文字："灾难与战争会引来灭顶之灾，带来不堪回首的记忆。但是，它们就像是握在掌心的雪，在生命之火的包围里，会迅速消融，不见痕迹。对生活的热爱、对美好的追求，就是我们生命之火生生不息的源头。"

伊万的这篇文章深受人们喜爱，大家纷纷给他来信，和他谈读后的感受。莫斯科的天空里，由此多了一份亮色。

灾难检验着人性。面对灾难，人们谈虎色变、怨天尤人、灰心丧气，还是勇敢直面、战而胜之？潘多拉盒子终究没有封死人们求生、贵生的美丽希望。我们只有经过灾难，才能够得到一份教训、一套经验，每战胜一次灾难，便能够看到一缕灿烂的光明。

没有翅膀也可以自由地飞翔

崔修建

　　1983 年的一天，在美国亚利桑那州图森市的一家医院，一个女婴呱呱坠地，令她的父母惊愕无比的是，女婴居然一出生就没有双臂，连见多识广的医生也无法解释这个奇怪的现象。

　　在父母的疼爱下，女婴一天天地长大，成为一个可爱的小女孩。

　　那天，站在阳台上的女孩，看到与自己同龄的一群孩子正张开天使般的双手，在阳光下欢快地奔跑着追逐翩翩起舞的蝴蝶，女孩十分伤感地向母亲哭诉命运的不公，竟然不肯馈赠她拥抱世界的双臂。

　　母亲平静地安慰她："孩子，上帝的确有些偏心，但上帝是要送给你更多的梦想，要让你用行动去告诉人们——即使没有翅膀，也依然可以高高地飞翔，就像没有修长的十指，你同样可以弹出美妙的琴声，可以写出漂亮的文章……"

　　"我真的能做到那些吗？"女孩仰起头来。

　　"只要你肯努力，就能做得到，只要你的梦想没有折断翅膀，你就一定能飞得很高很高。"母亲温柔的目光里充满了不容置疑的坚定。

　　女孩相信了慈爱的母亲的话，目光一遍遍地抚摸着在自己那双看似普通的脚，心中暗暗地告诉自己：我有一双非凡的脚，不只是用来奔走的，还是用来飞翔的。

　　此后，在父母的指导、帮助下，女孩开始有计划地锻炼自己双脚的柔韧性、灵活度和力量。怀揣梦想的她，克服了人们难以想象的许许多多的困难，尝过了谁都无法数清的大量失败，终于在人们大片的惊讶中，练出了一双异常自由灵活的脚——她不仅可以用双脚吃饭、穿衣等，轻松地实现了生活自理，还学会了用脚弹琴、写字、操作电脑……她用双脚做到了几乎是常人所能做到的一切。

　　女孩开始在人们面前自豪地展示自己非同寻常的"脚功"，起初遇到的那些异样的眼光，渐渐地充满了惊讶和钦佩。在她14岁那年，女孩彻底地扔掉了那副装饰性的假肢，一脸阳光地穿着无袖的上衣，走进校园、商场、街区……仿佛自己根本就不缺少什么，除了常人那样的一双臂膀。

　　女孩在继续着创造奇迹的脚步，她读书刻苦，作业写得总是一丝不苟，从小学到中学，她的学习成绩始终名列前茅，老师和同学们都十分敬佩她的坚毅和自强。当她拿到亚利桑那大学心理学专业的学士学位证书时，一家人幸福地拥抱在一起。父亲自豪地鼓励她："孩子，你还可以做得更棒！"

　　"是的，我还可以做得更棒！"女孩自信地笑着。

　　为了增强腿部肌肉的力量，保持腿部的灵活性与韧性，女孩不仅坚持跑步，还成为碧波荡漾的泳池里一条自由穿梭的美人鱼，还成了那家跆拳道馆里小有名气的高手……一位医生曾指着给她拍的 X 光照片，惊奇地喟叹：经过锻炼，她的双脚已变得异常敏捷，她的脚趾关节已像手指关节一样灵活自如。"

女孩的梦想还在不停地放飞着，她又走进了汽车驾驶学校。在教练员惊讶的关注中，她很快便掌握了驾车的各项技术，通过了近乎苛刻的各项考试，顺利地拿到了驾照，开始用双脚娴熟地驾车御风而行……

接下来，女孩要去圆自己心中埋藏已久的梦想了——她要亲自驾驶飞机，拥抱苍穹。

曾经培养出许多飞行员的著名教练帕里什·特拉威克一看到亲自驾车来报名的女孩，就知道她一定会飞上蓝天的，就像一只矫健的雄鹰那样，不仅仅因为她那娴熟的驾车技术，还因为她目光中流露出的从容、淡定与果决。

果然，女孩在学习飞机驾驶的时候，丝毫不逊色于那些身体健全的飞行员，她一只脚操纵着控制板，另一只脚操纵着驾驶杆，滑行、拉起、升空……她冷静、沉着，每一个动作都十分准确、到位，比不少学员表现得都出色。教练帕里什·特拉威克说："事实证明，她是一个优秀的飞行员，她驾驶飞机时非常冷静和稳定。一旦你和她在一起待上 20 分钟，你甚至就会忘掉她没有双臂的事实。她向人们显示，人们可以克服所有的限制，她真是太令人难以置信了。"

25 岁的女孩如愿地拿到了轻型运动飞机的私人驾照，成为美国历史上第一个只用双脚驾驶飞机的合法飞行员，开创了飞行史的先例。女孩的名字叫做杰西卡·考克斯。

如今，杰西卡·考克斯已是美国家喻户晓的英雄，她靠双脚生活和奋斗的感人故事，给世人带来了巨大的心灵震撼和精神鼓舞。

在美国数百场的演讲中，杰西卡·考克斯说的最多的一句话是："你的梦想有多高，你就可能飞多高。"

没错，即使你生来就没有翅膀，但你依然可以高高地飞翔，因为你心中永不跌落的梦想，会为你生出自由翱翔的双翅，会给你传递无穷的力量，会帮助你创造无法想象的奇迹。

橄榄核上雕刻人生

王林峰

今年39岁的平春玲身高只有113厘米，体重却有66公斤，下肢不到50厘米，头几乎就搁在肩膀上，只有两只手还算正常。造成她严重畸形的，是一种叫作成骨不全症的疾病，动不动就骨折，被称为"玻璃人"。在她27岁那年，没上过一天学的她开始给腾讯画QQ秀，过上了自食其力的生活。

平春玲是河南驻马店人。1982年，平妈妈被告知，当时只有5岁的小春玲患有成骨不全症，也就是俗称的"玻璃人"。这种病没有什么好的办法治疗，只能尽力保护孩子免受伤害。但无论怎样小心，春玲还是频频骨折。

也是这一年，春玲到了入学年纪，只有初中文化的平妈妈找了几本教材，开始教孩子认字，平春玲很快就会了。但9岁时的一次骨折让她再也没法站起来了。

爸爸妈妈上班去了，平春玲就独自趴在床上看书画画。凭借惊人的毅力，没上过一天学的平春玲自学完了初中课程，画的画也越来越有模有样。

不幸的是，平春玲在2012年又被发现患有子宫肌瘤；不久开始出现出血的情况，肌瘤越长越大。得知武汉大学中南医院妇科曾为一个"玻璃人"成功实施剖宫产，第二年，平春玲赶来武汉求医。

在做手术时，该院妇产科主任张蔚教授本来想为平春玲保留子宫，结果被平春玲拒绝了，她说："我父母年事已高，以后子宫再出什么问题，又要拖累他们。所以这次手术要把病根彻底除掉，以绝后患。"

平春玲被推入手术室。做手术需要给病人半麻，就需要将病人身体弯成一定曲度，平春玲一弯就可能骨折，只得用全麻。全麻要插管，而她的气管又是畸形的，麻醉师只能做了好几套方案应对可能出现的情况。开腹手术要用一个腰翘将病人盆腔垫起来，平春玲只能平躺，盆腔就自然地塌陷着。两个小时的手术中，张蔚不时提醒"轻点，轻点"。

医生张蔚说："这个特殊的生命太顽强了，平春玲做到了很多健全人都无法做到的事。我们能够做的，就是尽力保护这个顽强的生命。"

平春玲康复出院后，在家里一直在看书，她希望通过知识来改变自己的命运。一天，一个女孩找平春玲玩时，带来了一些电脑书籍，当她得知通过网络可以间接地认识这个色彩缤纷的世界时，平春玲再也无法抑制激动的心情。2001年，她鼓起勇气跟家人开口：想要一台电脑。之后平春玲开始使用工具书，自学网页和动画制作。2004年，她为腾讯画QQ秀，第一个月挣了4000元钱，这是平春玲用残缺的身体养活自己的开始。

但画QQ秀是一个多人合作的工作，而平春玲一骨折就要躺十天半个月不能干活。"我不能误了别人！"画了3年QQ秀后，她恋恋不舍地放弃了这份工作，开始寻找自己适合做的工作。一天在网上浏览时，她被那美妙的蛋雕迷住了，就开始在家里刻蛋雕。平春玲不能坐，不管是画QQ秀还是刻蛋雕，都是趴在床上，由于身体太重，胳膊肘上都是茧子。她就这样雕刻了一百多个蛋雕作品，有的还在网上以百元的价格卖出。

去年国庆节，她在父母陪同下，专门去杭州找微雕艺人秋水学习核雕。秋水老师没想到那个在网上传来众多优秀蛋雕作品的平春玲，竟是一个只有1米左右、身体严重畸形的残疾人，她免去了春玲的学费，还专门到平家三口租住的房子里教她。

通过一年的学习，平春玲的蛋雕水平有了很高的进步，她又向秋水老师学习在橄榄核上雕刻。橄榄核雕技艺要充分利用果核的形状、麻纹、质地，因材施艺，精心布局。由于有熟练的蛋雕基础，她学起来轻车熟路，又经过三个月的学习，她完全掌握了这一门技术。

如今，平春玲用顽强的毅力雕出了很多匪夷所思的蛋雕作品和橄榄核雕作品。

她的一件件精致的橄榄核雕作品不仅有很高的观赏价值，也有很高的收藏价值。她雕的一艘小小的橄榄核舟上竟然坐了7位形色各异的人物，蕴含了很多吉祥的寓意，她把作品拍照后放在网上，引来很多收藏家购买。

平春玲说："面对疾病，像面对生活一样，坚强豁达；疾病不可怕，可怕的是被疾病困住了手脚，不能做自己喜欢的事。"

光明来自内心

[美] 马克·马托塞克　著
庞启帆　编译

时间是中午，格林威治的一座乡村寓所里，摄影师约翰·达格代尔正在给我拍照。他歪着头，身体向前微倾，一丝不苟地捕捉我侧面的影像。我坐在离他约三英尺远的地方。

这座乡村寓所属于约翰·达格代尔，寓所的每个房间都挂满了约翰·达格代尔的摄影作品。

而你绝对无法相信，这些令人赞叹的照片是由几乎完全失明的约翰·达格代尔拍摄的。

约翰得过五次几乎致命的肺炎、弓形体病（脑感染）、周边神经病、卡波西氏肉瘤和CMV视网膜炎。10年前，CMV视网膜炎夺去了他的大部分视力。医生与同行一致宣判他的摄影生涯结束了。

但这并没有把约翰击倒。他发誓要成为世界上第一位盲人摄影家。

然而，约翰想实现这个目标远非易事。那是一个下午，在纽约州北部的一个农场，他在失去视力后第一次拿起相机。

"当时我站在牧场外，试图拍摄一张照片。我借用一个放大镜，奋力调整焦距。"约翰告诉我，"但我不停地绊倒了三脚架，并且每次我就要准备好的时候，光影就发生了变化。我不得不重新再来。这让我感到从未有过的沮丧、伤心和失望。"

太阳下山的时候，约翰跌坐在草地上，脸埋进草丛里，开始轻声哭泣。草屑、泥土粘满了他的嘴巴、眼睛，那一刻他真想就地挖一个坑把自己埋了算了。

约翰的朋友目睹了这一切。他把约翰抱进屋里，把他放在沙发上，像对待一个孩子一样把约翰揽进他的臂弯，然后说："好吧，继续，放声哭吧。"约翰靠在朋友的肩膀上，嚎啕大哭起来。最后，哭干了眼泪的约翰叫朋友帮他拿来一部相机。拿到相机后，约翰重新靠在朋友身上，然后猛地按下快门。这张照片创造了一种意想不到的美，就像那幅著名的《圣母怀抱殉难耶稣之忧伤图》。约翰把它起名为《人类起源》。

这张震撼人心的照片完全不同于约翰以前作品的风格，但它成为了约翰不久后举办的个人摄影展的焦点，使他从业余摄影师的身份迅速跻身世界级艺术家的行列。从那时候起，他独特的氰版照相法使他赢得了与维多利亚时代的摄影大师朱莉娅·玛格丽特·卡梅伦夫人相等的声誉，并且接到了世界各地的收藏家和博物馆的邀请。迄今为止，约翰·达格代尔已经举办了38次国际性的个人摄影展。但他笑称："我最好的作品还没有诞生。"

在黑暗中追求美的瞬间，在混沌中创造艺术的盛宴，使得这个出色的男人获得了恢复心灵健康的回程车票。"生活就是学会接受某些难以接受的事情，然后使它最终变成对你有意义的事情。"约翰说，"如果你一味地逃避它，它只会毁了你。如果你不断纠缠于为什么会这样，你就会完全迷失自己，你的一生将不会再拥有美好的时光。"

一旦我们能正视磨难，改变的机会就会降临在我们的身上。"这就像核能，如果使用得当，就能造福人类。"约翰说，"磨难也一样。它是我们人生经历的一场大火，你要么冶炼成金，要么化为灰烬。"

我是一名记者，约翰是一名独特的摄影大师，在开始我们的访谈之前，应我的要求，约翰给我拍了一组照片。所以，就有了文章开头的那一幕。

毫无疑问，今天的约翰·达格代尔在思想方面已经得到了极大的升华，这种升华比他的视力更加珍贵。在采访即将结束的时候，约翰对我说了这段话："光明来自内心。眼光和视力是两码事。有时候我想，如果上帝突然从天而降，对我说可以恢复我的视力，但我必须忘掉我已经领悟的一切，那我宁愿放弃我的视力。"

我被深深地震撼了。我想，我永远也不会忘记这段话。

凯金斯的选择

[美]泰瑞·卡特斯　著

庞启帆　编译

2012年8月，塔米卡·凯金斯和她的队友夺下了伦敦奥运会女子篮球赛的冠军。之前凯金斯已经参加过许多盛大的比赛。她曾帮助她的球队——印第安纳狂热队，进入美国职业女子篮球联赛的季后赛以及美国职业女子篮球联赛全明星比赛。"但是如果没有我父亲的教导，"凯金斯说，"我不会出现在任何一个赛场上。"

凯金斯天生听觉受损。3岁时，父母带她到一个耳科专家那里，给她配了一副大而笨重的助听器。但是，她讨厌这副助听器，讨厌同学们看她时的表情，尤其讨厌他们对她的取笑。上学对她来说是一种折磨。"不必理会其他的孩子说什么，"母亲告诉她，"我们每个人都会经历困难，这会使你坚强起来。"

而凯金斯感到的只有孤独。刚开始时，她没有太多的朋友，因为她太胆小而不敢说话。一次，老师问她，4加2等于多少。凯金斯紧张地答道："6……6……"同学们顿时哄堂大笑，凯金斯的脸刹时变得通红，泪水涌满了眼眶。"我不会再在课堂上说一句话，"她告诉自己，"我永远不会再举手，永远不会主动做任何事。"

那时，凯金斯只有一位真正的朋友，那就是她的姐姐桃嘉。放学后，姐姐总是等她一起回家，并且总是有办法使她的心平静下来。每天她们都要经过一片长满杂草和灌木的荒野。

一天，凯金斯对自己说："我要摘下这副丑陋的助听器，然后把它扔到荒野。那样我就自由了，其他的孩子也会开始喜欢我。"

二年级的一天，凯金斯的母亲和凯金斯的耳科医生把正在上课的凯金斯叫到了教室外面。那一刻，凯金斯感觉到全班的眼睛都在盯着她，坐在她旁边的男孩更是"吃吃"地笑。她感到自己从来没有如此丢脸过。

"为什么我不能像别人一样？"凯金斯问上帝。

那天下午，和姐姐桃嘉回家时，凯金斯在长满野草和灌木的荒野停了下来。然后，在姐姐还没能阻止她之前，她猛拉下助听器，使尽全身力气把它扔了出去。

姐姐愤怒地盯着她，大吼："你为什么要这样做？"

"不知道。"凯金斯耸耸肩。

"爸爸和妈妈会发疯的，"姐姐说，"你有大麻烦了。"听姐姐这么一说，凯金斯也有点儿害怕了。但她想，总比遭受欺负和嘲笑好。

回到家，凯金斯的母亲果然大怒。"那副助听器要花很多钱，塔米卡。"她生气地说，"这是特别为你定做的。我们不是去商店就能买到另一副。"她命令凯金斯跟她回到郊野把它找回来，但她们找到天黑也没找到。

那晚，凯金斯的父母谈了很长时间，然后凯金斯的父亲走进凯金斯的房间。他一脸严肃。"我将要为自己做的蠢事接受惩罚了。"凯金斯在心里对自己说。

父亲靠着凯金斯坐下，"塔米卡，"他以一个非常坚定的声音说，"你已经做了一个选择，一个大选择。以后你就必须在这种选择中生活。"

好一会儿，凯金斯不明白父亲的意思，她为何必须在这种选择中生活？"你不想戴助听器，所以从今以后你就不必再戴着它。没有了它，你必须照顾好自己的生活。"爸爸说道。

让她掌握自己的人生，这也是父亲对凯金斯的行为做出的选择。凯金斯不想佩戴助听器，所以她就必须要为这个选择负责。而她能做到吗？

丢开助听器，凯金斯发现自己原来非常擅长唇读。如果近距离看着老师的嘴巴，她能轻易跟进老师所说的每一句话。如果老师面对黑板说话，她会在过后问老师她所漏读的。没有了刺眼的助听器，其他孩子不再取笑她。后来，凯金斯一家搬到了一个新的镇子，凯金斯也进了新的学校。

这个时候在凯金斯的生活里出现了篮球。并且，她发现自己爱上了篮球。

很快，篮球占据了凯金斯所有的思想。她不断地练习。高中时，凯金斯的篮球技能超过了大部分同学。没有人再关注她的听力。"当你在比赛中能准确地投进3分球时，没有人会介意你的听力是好还是坏。"凯金斯笑道。

多年来，凯金斯一直祈祷能得到别人的喜欢。当她在篮球场上奔跑时，她发现，她得到的已经超过她所祈祷的。她的父亲说："这是你自己掌握了自己的人生的结果。"这个结果再次让凯金斯顺利进入了征战奥运的美国女篮代表队。"在伦敦奥运会，我将展示我最好的表现。比赛结束后，我会再回到美国，把我的信息带给那些像我一样有听力障碍的孩子。"在2012年伦敦奥运会女篮比赛开始前接受记者的采访时，凯金斯这样说道。

"你会鼓励他们扔掉助听器吗？"记者笑问。

凯金斯哈哈一笑，说道："当然不会啦。我只想告诉他们，他们每一个人都是特别的，只要他们把握好自己的未来，他们同样会得到上帝的眷顾，美好的事情也将会发生。"

用歌声呼吸与行走

朱迎兵

　　一场不堪回首的车祸，让13岁的陈州高位截肢，失去臀部往下10厘米以外的身体。

　　陈州幼时父母就离异了，他跟随年迈的爷爷四处流浪，靠爷爷拉二胡卖艺为生。1996年6月的一天，因没钱买票，祖孙俩偷偷爬上一列火车。列车来到一座县城，陈州怕错过地方，车还没有停稳时，就急着下车，摔到一堆石块上，立刻失去了知觉。待他醒来，他的双腿永远不见了。

　　从医院回家后，少年陈州在床上整整躺了3个月，他感觉自己的天空塌陷了，看不到光明，也看不到希望。他成天躺在床上，不想说话，也不想吃饭，白天陪伴他的是爷爷奶奶的哭泣声，夜晚陪伴他的则是院子里蛐蛐忧伤的鸣叫。

　　陈州虽然没有上过学，可从小就在爷爷的二胡声中，感受着深厚的民间艺术，他的内心是饱满的、强大的、蓬蓬勃勃富有生机的。一个具有这样内涵的人，在最热闹的地方，不会张扬；在最孤寂的角落，也不会凋落；在步入人生险峻时，更不会轻易倒下。只要遇逢一丝亮色，就会反射出熠熠光芒。

一天夜里，他像往常那样翻来覆去，不能入眠。忽然，耳畔传来了悠扬的鸟鸣，声音清脆明朗，婉转动听。那是夜莺的鸣唱，那声音像久违的母亲的细语在耳中回响，夜的静谧在歌声里弥漫、流淌，他孤独的心房渐渐充实起来，躁动与忧郁在歌声里慢慢离去。他想象到夜莺一定就站在院子里的一株树上，在引吭歌唱，风拂过它羸弱的身体，星星的微光在它的眼眸中闪烁。

　　他想：夜莺离不开歌唱，就如同离不开空气，它是用歌声来呼吸的动物。夜莺的歌唱就是有力的呼吸，充满着生命的力度，像妖娆盛开的花朵，芬芳迷人。人们走近了它，那些跳动的呼吸，便会击碎人心灵上的许多东西，譬如尘埃、枷锁、悲哀、懦弱……如今，自己虽然没有了双腿，可还有一个并不残疾的大脑，有一副天赋不差的歌喉，难道不能像夜莺那样用歌声来呼吸、行走吗？

　　第二天，他开始说话了，他让爷爷给他找来旧轮胎片，花了一年的时间学会了靠挪动轮胎片，用手支撑身体爬动行走。

　　1997年，陈州悄悄地离开了爷爷奶奶，凭着记忆，来到浙江嘉兴，在街头找到了曾经打动过他的几个卖艺的残疾人，跟随他们学习唱歌。陈州艰难地从识字、认五线谱一点点自学，靠勤学苦练，他的歌声越来越美，深沉中有着一丝沙哑，阐释着岁月的沧桑，演绎着对生活的坚守。他的歌声越飘越远，越过全国20多个省份，600多个城市，成了著名的流浪歌手，广场、街道、火车站、公园，有人迹的地方就是陈州的舞台。演唱宛然已是陈州的呼吸，他的执着不仅受到了别人的尊重，也让他收获了爱情和家庭，如今他有了一位漂亮、贤淑的太太，还有一双活泼可爱的儿女。

为了激励更多在黑暗中徘徊的人，陈州在唱歌的同时，每年的4月份，他都要登一次山。他登山的工具是两个方形小木箱，双手分别握住木箱的提手，两只手交替着前进，屁股左右坐在木箱上，行走时完全靠双臂的力量支撑起整个身体。登山过程中，他的手会抽筋，手掌上遍布磨起的泡，那其中的艰辛常人难知，可每次成功登顶后，他会高歌一曲，让每位身临现场的人热血沸腾。这几年来，陈州先后攀登了普陀山、九华山、华山和五台山，他用歌声呼吸和行走的故事感动着越来越多的人。

每个人来到这个世界，要像一颗种子，自己发芽，自己生长，历练时光后做个心灵丰盈的人，像陈州一样，自在地呼吸，顽强地行走，用心去歌唱，如花般绽放。

气节如花

西　风

　　她是我的文友，虽然她的文章我读了不少，却一直十分缺心眼儿地认为文里那个突然得病，不能行走，成了"纸人"的倒霉女主角不是她，是别人。究其原因，也许我心里根本就不相信世界上还有这种倒霉的病。倒霉到一夜之间连丝袜也穿不上，不能刷牙，不能洗脸，不能下床，不能动弹，按不下电话键，只剩眼珠还能"间或一转"——我还以为这种叫作"行进性肌无力"的病只不过小说里杜撰出来的呢。

　　还有一个，也是我的文友。她的文章里面时常出现"轮椅"这个关键词，我也仍旧十分缺心眼儿地认为那是杜撰，这个世界哪有那么多飞来横祸，会把一个活生生的女孩子，在17岁的时候轧成瘫痪。可是这却是真的。

　　不过，这不能怪我。不是我感觉迟钝，而是她们的文字里没有灰色，没有绝望，没有玩世不恭，没有迎风洒泪，对月长吁，有的是对生活满满的珍惜、珍爱、感动、感恩——要怪，就怪她们从不标榜不幸。这两个朋友，一个恢复到能打孩子，能刷牙，能洗脸，能自己坐着轮椅去卫生间；另一个，找到疼爱自己的人，坐在轮椅上结了婚。她们体会了失

/105

去一切时的艰辛，愤怒和绝望曾经像一阵飓风，差点毁掉她们的生命，把她们赖以生存的信心连根拔起，于是，当她们从泥淖中终于站起来，就变成两个太容易快乐、太容易满足、太容易惊喜、太容易幸福的人。

读史，最容易读到"气节"两个字。方孝孺宁肯被夷十族，也不肯起草一道诏书，是气节；文天祥百般被诱，也不肯投降元兵，是气节；屈原为什么怀石投江？亦是不肯看到自己的国家在自己的眼皮底下活活丧亡，这也是气节；就连那个不食嗟来之食的乞丐，只为要坚持一个做"人"的尊严，竟不惜拿命来换，这也是气节。想来气节这种东西如同明月，只有夜静更深，露凉雾重，雪压冰封，战争、动荡、饥荒千锤百炼，才能打造得豪气冲天，平时的柴米油盐、琐碎光景里根本看不见。可是，看不见，不等于不存在。

哪怕现在出有车，食有鱼，"活着为什么"却成了无处不在的困扰。有的人吸毒，有的人酗酒，有的人颓废，有的人垮掉，有的人唯我独尊，有的人挥斥方遒，有的人行尸走肉，有的人追腥逐臭，"气节"这两个字，对于现代人来说，仍旧如色里胶青，水中盐味，至少成为一部分人的生命底色。

这样的人，在没有路的时候，凭着残疾之身，能给自己硬挖出一条路来；在厄运来临的时候，能把痛苦嚼碎、吃下、长出气力，刀剑出鞘，跟命运对峙；在完全有资格放弃和颓靡的时候，能把所有放纵的理由堵死，然后选择坚持，所有这些，大约都可以称作气节。

这样的气节连她们本人都没有意识到，更没有"作秀"

的成分在，而是一种纯天然的非自觉状态，既不标榜，更不夸饰；而且它的范围小到仅仅是对个体生命的郑重对待，和历史大环境中的大气大节比起来，只能算是"苔花如米小，也学牡丹开"。但是，谁也不会想到，这两个字支撑起来的两个弱女子，会写出这样的文字：干净、温暖、纯洁、就像一张细细密密的网，网住花香，网住蝴蝶，网住幸福，网住爱。沐浴在它们的光辉里，就像站在北国凛冽的荒原，看到美丽的小雪花，扑闪着玉色的小翅子，飞舞得满天满地；又像走在涌动的花海里，整个天地间都是令人恍惚地落了又开的繁华与美丽。

　　说到底，有的时候，"气节"两个字并不是闪着寒光的利刃，一定要刀头饮血，对整个世界都有一种不可商量的决绝，它也可以波光潋滟成一片温柔的海。只要肯对自己的生命负责，把凡俗的日子一天又一天认真而美丽地过，那么，这种气节折射出的生活态度就是被尊敬的。我们有了它，如同草有了骨，花有了心，整个时代都有了尊严，有了香气。

蜘蛛的哲学

瘦尽灯花

腰病重了，刚起来不几天，又开始卧床休养，心里十分沮丧：今年是我的灾年吗？房贷是要还的，老父亲的病更是要治的，孩子还小，两天不管，她就像钻天猴似的。你看我，工作也撂了，家务也照管不了，每天三大碗的中药，不喝也得喝……生活真是一团糟，糟透了。

先生把我扶下楼，说，走，我带你看一样东西。

我跟他来到一个小树丛，里面结着一张大蛛网。他从旁边的狗尾巴草上摘一粒草籽撂到网上，有只蜘蛛马上跑了出来。估计它躲在暗处，一只脚搭在丝上，守网待虫呢。结果令它失望——它捧起草籽咬了咬，原来不是虫子，就举起来往后一扔。我看得有趣，"噗哧"笑出来。先生又捻下好几粒草籽，往网上一撒，蜘蛛一通紧忙活，一个一个地咬过去。咬一个，不是，一扔；咬一个，又不是，又一扔。一会儿的工夫就把网上的草籽择干净，然后又回到洞里，继续守网待虫。

先生很坏，捋了一大把草籽，往网上"刷"地一扔。蜘蛛闻风而动，一看整张网上都糊满了草籽。自己的家搞得一塌糊涂，有点丧气，待在那里好长时间一动不动。我以为它要转身回洞，把这张网弃之不用，没想到它的举动匪夷所思。只见它爬到网的中央，几只脚紧紧扣住网，开始一上一下地振荡，刚开始幅度很小，后来渐大，如同摇筛，甚或如在海上掀起的狂风巨浪。网上密密麻麻的草籽纷纷摇落，大部分都承受不住晃荡的力量，掉下来了，剩下的草籽零星粘在网上，它又开始故伎重演，抱起一个一扔，再抱起一个又一扔，一会儿工夫就把自己的家清理得干干净净。

我看着蜘蛛，不说话。惭愧，我不如它。它不仅能够把错综交织的丝线结成一张漂亮的网，而且能够把粘在网上的杂质聪明地清除。我这张网却收得太紧，不再是生命展开的平台，反而成了束缚生机的绳索。父亲有病，看就是了。我有病，养就是了。房奴当上了，也可以当得很快乐。孩子一日不辅导，她也未必就不晓得上进了。人生于世，一颗心就是一张网，丝丝相连，线线相交，上面难免会粘上各种各样的杂质，要学会聪明地拣择。

1965年9月7日，世界台球冠军赛在美国纽约举行，路易斯·福克斯一路领先，稳操胜券。当他又要去击球时，一只苍蝇不请自来，绕着他的球飞来飞去，引得观众哈哈大笑。这一切使他愤怒至极。他不停地用球杆击打苍蝇，一不小心却使球杆碰球，他失去了一轮机会。更糟的是，他因此而方寸大乱，连连失利，丢掉了冠军。回头他越想越懊恼，竟然投河自杀。

说实话，福克斯不是被苍蝇害死的，而是被他自己心头的那张网给缠死的。过于渴望成功了，就害怕外界的哪怕一点点细微的打扰，才会对一只小小的苍蝇斤斤计较；过于害怕失败，才会被失败的感觉紧紧缠绕，除了选择死亡，不知道如何解脱。

　　我也是的。先是把生活想得太复杂，又把一时的挫折想得太糟糕。蜘蛛脑子里就没有这么多的东西缠绕，它生活简单，目标明确，懂得鉴别，懂得选择，这就是它的哲学——生命越简单，就越有效。

风中的丁香花

顾晓蕊

今年初春，我满怀对文学的向往和憧憬来到北京，参加某作家进修班。时间像一只飞鸟倏地掠过，转眼到了分别的时刻。望着同学们相互道别，想到将回到原地，继续那庸常而平静的生活，我心中不免有些怅然。

离开之前，带着对北京的依恋，我又一次来到南锣鼓巷。沿着那古色古香的石板路，穿梭在喧哗的人群中，或许是我还沉浸在离别的愁绪中，觉得连空气都弥散着淡淡的忧伤。

不经意间的一回眸，我看到了她，一位坐在轮椅上的姑娘，白色的裙裾在风中飘飞。她神色平静，目光清澄如水，宛如一株不起眼的丁香花。面前摆着一个牌子，上面写着四个字：我写的书。

出于好奇心的驱动，我走上前去，拿起一本书轻轻翻阅。它是一部自传体小说，书名是《心的翅膀》，暗黄色的后页上赫然写道——如果非要问我，到底为什么而写？我会正襟危坐地告诉你：我只想留下点什么，留下一点我活着的见证。还有：希望那些拥有健康体魄和灵魂的人，在合上我的这本书以后，对生活会更感兴趣。

这几行字如温润的水滴，在我那颗被岁月打磨得冷硬的心上，溅起朵朵晶莹的水花。接着翻看下去，每篇像泉水一样潺潺流淌的文字，都是这位残疾女子的生命清唱。站在人潮汹涌的街头，我忽然间泪流满面。

我捧着书看了一会儿，抬头对她说："我要买这本书。"

"我给你签个名吧。"她轻轻地说。我翻开书的扉页，捧到她面前，她用嘴咬着左边的衣袖，用仅能活动的两根手指，吃力地签上自己的名字：罗爱群。

望着她微微喘息的脸庞，我这才发现她的身体比预想的更糟糕。我无法想象，在一个个孤单的日子里，她是如何咬着牙，忍着痛，仅靠两根手指的力量，书写生命中的爱与痛，以及生活的细微感动。

我看了书价，掏出30元钱递过去。正欲离去，只听她说："稍等一下。"声音里带着急促。她用弯曲的手指，缓慢地从包里摸出一元钱，递到我的面前。看我迟疑着没有去接，她淡淡地说："这是找你的钱。"

这份近乎执拗的坚持，让我看到她柔弱外表下包裹着的那颗自尊自爱的心。我轻轻地俯下身拥抱着她，在她耳边小声地说："姑娘，我向你致敬！"

离开北京，回到了熟悉的小城，我偶尔还是会想起她，那个坐轮椅售书的女孩。有一天，无意中在百度上搜索到她，了解到她的一些经历，令我既吃惊又心疼。

自小患上小儿麻痹症，从没有上过一天学，却凭着对文学的痴迷，用文字书写着人生。那些文章是她趴在床上，用牙齿叼着袖子，借此来移动手臂，一字一句写出来的。每写一个字，都是对耐力和毅力的考验，她硬是坚持下来，并出版了三部文学作品。

在最美好的年纪，她曾遇到爱情，只是爱情打了个晃悠，又悄悄地溜走了。她伤心之余，想过结束自己的生命，可面对腕上留下的疤痕，善良的她选择了宽容。她说，我的记忆就像一张过滤的网，关于好的都留了下来，不好的都随着时间的推移，全部漏掉了。

为了能够早些自立，她试着开过小书店，最终以失败收场。其间她体会到世道的艰难，人情的冷暖，却宁愿坚信，如果不知道如何活着，就没有资格抱怨生命。

即使命运对她如此不公，她仍心怀柔软，充满阳光：因为体会到失学之痛，所以每卖出一本书，她就抽出一元钱捐给贫困孩子；因为从小就很怕黑，所以她甘做"爱心天使"，签下捐献眼角膜的志愿书，并发起志愿捐献眼角膜万人签名活动……

我儿时患过同样的病，由于得到及时的治疗，很快康复了。几十年来，我可以自由地行走，心向往之，行必能至。相比之下我是何等的幸运，同时心里有些隐隐不安，仿佛我的人生走了捷径，而她却在泥泞中跋涉，走了那么久。

就在我对生活感到不满时，那个经历苦痛折磨，从逆境中爬起来的人，脸上淌着淡得像水一样的微笑。因为悲悯自己，进而悲悯他人。这是一种高贵的善良，无论遭遇过多少不幸，始终对世界怀以慈柔之心。

我心里生出几分懊悔，那个下午，在人群熙攘的街头，我应该停下脚步。站在一棵大树下，跟她聊一聊文学，聊一聊人生。抑或者什么都不说，翻着她的书，陪她坐上一会儿。

这么想来，我的眼前又闪现出她的身影。那个丁香一样的姑娘，心灵如花瓣般柔软，一瓣是阳光，一瓣是坚强，一瓣是善良，一瓣是感恩。像所有美好的植物一样，寂静生长，默然欢喜，在风中兀自开着，兀自香着。

第四辑

只要你想，阳光就在

生命好比一只青花的盘，正面的思想把盘上摆好美味的菜，负面的思想把盘上摆上一团带刺的棘，你肚子又饿，还不得不吃。正面的思想让人走运，负面的思想让人倒霉，无论正面的思想还是负面的思想，都有本事替你吸引来具有实体的物质生活的形式，所以千万要小心。在负面思想刚一冒头的时候，就要打住，制止，转化，实在不行，一脚踢飞！

处境与心境

海 亮

　　某地一个煤矿塌方，五名矿工被困在井下。

　　他们被挤在一个很狭小的空间里，黑暗，潮湿，空气稀薄。好在那里有一个浅浅的水坑，水坑里大度地渗出些肮脏的淡水。这使得他们的生命，得以暂时的延续。

　　五个人中，有一个是在井下工作了二十多年的老矿工，其余四人，全是刚下井时间不长的小伙子。已经挺过了两天，仍然没有会被搭救的迹象，他们开始绝望。尽管黑暗中谁也看不到别人的脸，但他们可以听到不断有人发出绝望的叹息。当恐惧的时间抻长，就不再有恐惧。恐惧变成了更加可怕的绝望，好像所有人都在等待死亡。

　　突然老矿工轻轻地咳了一声。

　　老矿工说，你们听说过十几年前的那次塌方吗？

　　四位小伙子当然听说过。那次塌方被很多人很多次地讲起。他们还知道，那次塌方死了很多人。

　　老矿工接着说，可是你们不知道吧，我是那次矿难的幸存者之一。

　　的确，他们不知道——他们很少和老矿工聊天。

那次，我熬过了八天。没有吃的，没有水，没有光。可是我还是熬过来了。知道我是怎么熬过来的吗？

老矿工感觉到黑暗中的四双眼睛，突然闪现出光芒。

是啊，你吃什么呢？有人问。

老矿工却不答。

会不会挖蚯蚓吃？这里有蚯蚓吗？有人硬撑着站起来，点亮唯一的一盏矿灯。他在水洼边，真的挖出了几条蚯蚓。

水呢？有人问。

这不用管。有人回答，现在，我们不是有水吗？

就算你吃蚯蚓，可是你不害怕吗？又没有光……

这也不用管。又有人回答，我们现在还有一盏矿灯，我们幸运得多。

不管怎么说，这八天时间，也太漫长了吧？有人问，你会做些什么呢？只是躺在那里吗？

老矿工仍然不答。事实上，自从他抛出了一个问题后，就一直保持着沉默。

我们可以这样。有人建议，每人轮流讲故事，讲得有趣些。说不定这样可以让时间得快一些。

于是他们开始讲故事。除了睡觉的时间，他们都在讲故事或者听故事。现在他们没有时间绝望，或者，他们为什么要绝望呢？有人在没有伙伴没有食品没有水没有光的矿井下熬过了八天，现在这个人就在他们中间，为什么要绝望呢？

最终他们得救了，在被困在井下的第五天。当然，每个人都很虚弱。可是救援人员发现，当他们被救出时，每个人都很平静。从他们的脸上，看不到丝毫的恐惧、绝望，以及突然获救的无所适从。他们就像在那里等待一辆晚点的班车，现在，班车终于来了。

几天后，四个小伙子找到老矿工。他们要对老矿工表示感谢。他们说，假如没有你的经验，也许，我们都会死在深深的地下。

"可是我没有给你们任何经验啊！"老矿工说，"除了轮到我讲故事，我不是一直都在沉默吗？其实，找蚯蚓，讲故事，给自己信心，不都是你们想出来的吗？你们应该感谢的，其实是你们自己啊！"

四个小伙子想想，也是。不过他们对老矿工能独自一人在黑暗的井下挺过八天仍然赞叹不已。现在他们急于弄明白的是，这个老矿工，他是怎么熬过那八天的？

"我根本没有经历过那次矿难。"老矿工说，"那几天我正在休假……在井下熬过八天，其实是我虚构出来的。"

一个虚构出来的故事，将四个年轻人挽救。只因为，他们坚信，曾经还有比他们正在经历的更为可怕的灾难。有人从那样的灾难里挺了过来，并且这个人就在身边，这样的事实，给了他们无限的信心。

其实环境并没有改变。改变的，只是人的心境。

只要坚信还有比眼前更恶劣更可怕的处境，只要坚信有人曾经在那样的处境里挺过来，生活中，就不再有绝望。

当坚韧让梦想花开

鱼 儿

　　她出生在巴西维多利亚一个非常贫穷的家庭。7岁那年在她的强烈要求下父亲终于送她上学了。她知道学习机会的来之不易，因此非常刻苦，学习成绩十分优异。3年后正当她埋头苦读时，她却因为家境贫困，在父亲的无情干涉下被迫辍学了。当时年仅10岁的她哭泣着哀求父亲，让她上学吧，她太喜欢读书了！可是父亲却无何奈何地告诉她："孩子，我们家太穷了！供不起你念书，接受上帝命运的安排吧。"既然命运已经无从选择，她坚强地擦干了眼泪，挺直了瘦小的身躯，并在心里暗暗发誓，她一定要坚持学习。从那天开始，她跟着父亲到处捡破烂，而这一捡就是20多年，尝尽了生活的无数艰辛。

　　但是她从没有过放弃过学习的念头。一次在捡破烂的时候，她在垃圾堆里发现了一本被人扔掉的旧书本，它看起来很肮脏，甚至还有一些破损，但在她看来却仿佛捡到了宝贵的金子一般，让她如获至宝。此刻她内心里只有一个念头，又可以重新读书了，真好！从此只要有一点点闲暇的时间，她总是捧起那些从垃圾堆捡来的旧书本开始孜孜不倦地学

/120

习，像一块厚厚的海绵不断吸取着知识中的养分。

尽管她读书愿望很简单，但旁人却难以理解，他们都劝她，有时间还不如多捡点破烂换钱。别人的不理解她可以接受，但是让她最难过的是父亲再一次无情阻拦。一天，她一边做饭一边看书，因为一时间看得入了迷，结果锅里的饭菜全糊了。父亲为此大发雷霆，那天，他蛮横地撕掉了她捡来的所有书籍，还狠狠地责罚了她。身体上的疼痛算不上什么，但失去那些最心爱最宝贵的书籍，着实让她哭得很伤心，但她又坚毅地擦干了眼泪，因为她要做一支永不熄灭的红烛，就是燃尽最后一滴也要坚持学习，没有什么可以使她动摇心中的梦想。

长大成人后的她嫁给了一个穷人，又陆续生下了几个孩子，生活仍旧十分窘迫，但她却坚持学习。一次，她的一个孩子因为身体羸弱患上了重病住进了医院，她一方面每天都要去拾捡垃圾维持家中的生计，另一方面她还要整夜整夜地待在医院里陪护。那一段时间她憔悴不堪。但是为了学习，每当深夜孩子睡着时，她总是倚靠在病床前，认真地捧起书本一丝不苟地学习。当困意袭来时，她就用冷水洗一把脸强迫自己保持清醒，然后继续学习。就这样凭借着顽强的毅力学到了很多知识。

这时她已经步入中年，为了生活仍在四处奔波。也许没有人会想到她的命运有一天会被改写。那是2010年的一天，偶然间她看见一则成人教育广告，欣喜万分中求学之心未泯的她立刻报了名。可却遭来了很多人的嘲笑和非议，他们说她自不量力，也不掂掂自己的能力。对此，她什么都不说。因为没钱买复习材料，她就用在垃圾堆里捡到的书本进行刻苦学习，每天只睡两三个小时。不久之后，让所有人大跌眼镜的是她竟然非常出色地通过了考试，两年后并顺利地完成了学业。终于，她让所有人对她都敬佩不已，同时也被她努力学习的精神所深深震撼了！

然而她并没有停止前进的脚步，2011年，已经41岁的她报考了巴西最具声望的学府之一——巴西圣埃斯皮里托联邦大学。这是巴西一个久负盛名的综合性大学，在巴西的玛瑙斯市，学校里的学生有近1万人，20多个专业。而她依旧是用垃圾堆里捡到的资料去备考，等到大学录取结果公布，她榜上有名，进入了该校的艺术系，再次创造了她人生中的又一个奇迹。

那天，她终于抑制不住激动的心情放声大哭，多年前的夙愿得以实现，而梦想的种子终于开花结果，苦难的生活向她露出了真诚的笑脸。

她就是巴西有着"励志姐"称谓的埃尔西利亚，这个曾经靠捡垃圾艰难为生的女人，靠着自己多年来坚韧不拔的毅力，坚持不懈的学习精神，唱响了一首时代最强者的赞歌！

"做一支永不熄灭的红烛。"是她前进的座右铭。但其中却蕴含着深刻的道理，它告诉我们，做什么事都要有持之以恒的决心，就没有战胜不了的困难。是啊，当我们期盼梦想花开时，请别忘了，用坚韧播种、用努力施肥、用汗水浇灌，那么成功一定会属于你。

给灵魂一个支点

蓝小柯

2002年，他以优异成绩考入郑州航空工业学院。然而，谁也没有想到，2003年8月的一天，他因为回老家帮父母干农活，不慎从房顶上摔了下来。从此，这个健康的小伙子突然间变成了一个只有头会动的高位截瘫患者。

面对这突如其来的噩运，他伤心、绝望、消沉，想过一死了之。可是，他却连自杀的能力也没有。他唯一能做的就是绝食，可面对父亲疲倦的面容和母亲红肿的双眼，他知道他们所承受的压力并不比自己轻松一点，他实在不忍心去伤父母的心。

住院的那些日子，为了给他看病，家里债台高筑。那天，昏睡中的他隐隐约约地听到父母的对话："医生说让转院，钱凑不够，咋办？"接着就听见母亲低沉的啜泣声，只听父亲说："我去找找看哪里有卖血的。""卖血"，就是这两个字深深地刺痛了他的心。那一刻，他彻底打消了死的念头，决定向命运挑战，用另一种方式让自己重新站立起来。

2007年春节时，高中时的几个好友来看望他，竟然给他买了一台电脑，并帮他开通了宽带。他感动得热泪盈眶。

可是，喜悦过后，面对自己绵软的双手，打字谈何容易？一天他在电视上看到有一位断臂的残疾人，用嘴咬着毛笔写字。看着看着他突然灵光一闪，急忙让母亲帮他拿来一根筷子，用嘴咬住筷子的一端，一试效果果然不错，于是，他开始用嘴咬住筷子在键盘上练习打字。一次次筷子从嘴里掉到键盘上，他没有气馁，一遍又一遍地练习，直练到嘴里戳出了血，这让他的父母在一旁心疼不已。

经过几个月的反复练习，他终于可以熟练地打字、上网了。开始，他试着写一些小文章投给报纸，可投出去的稿子都石沉大海，他没有气馁，而是不断地写、不断地投，终于，2007年4月1日，《西部晨风》首次发了他的作品，虽然只有短短的四五百字，但仍然让他高兴得流出眼泪。从此后，他便一发而不可收，几年下来，他先后在《知音》《北京晚报》《广州日报》等上百家报刊，发表纪实文学、散文随笔、时事评论、小说等400多篇，80多万字。

一次，他听到几个村里人无意中说到村里的辣椒一直不好销。说者无心，听者有意，这件事深深触动了他的心，他很想为村里这些淳朴的父老乡亲做点事情。于是，他开始试着在一些农贸网站发帖子，父亲又请村里的一个摄影师把辣椒的照片拍下来，这样一来，信息图文并茂更有吸引力了。没想到过了几天，真有客户打来电话询问，后来打电话的越来越多。父亲把这些信息都转达给乡亲，卖出了一些辣椒，但客户嫌东一家西一家收购很麻烦，少有回头客。

就在他一筹莫展时，2009年1月底终于迎来了转机。河南三门峡市全美酱菜厂的采购员联系上了他，问能否在3天之内给他备齐30吨辣椒，他带现金来买。滞留的辣椒一一卖出，解决了全村辣椒销售难的问题。他也成为村民的辣椒销售经纪人。躺在病榻上的他从而也成为十里八乡有名的"大能人"，并上了中央电视台《新闻联播》的《身边的感动》专栏节目。

英国小说家萨克雷曾说过："大胆挑战，世界总会让步。"融自信、刚毅、爱和希望于一身，以筷子为支点，奏出生命最强音。加长自信的杠杆，世间的一切困苦都会为成功和幸福让路。

对于他所走过的路，"2010感动中原十大年度人物"颁奖仪式给予他的颁奖词是："他不能站立，却能顶起家乡群众的希望。他经历灾难，却还要把幸福传向四方。一根筷子成了他与世界间的桥梁，而这桥梁的基石是他的不屈与坚强。"他的名字就叫赵仁伟。

把劫难当作重生

朱永波

卡尔西出生于英国一个烹饪世家，其父是英国一家洲际游轮上的厨师。年少的卡尔西曾跟随父亲游历世界各国多年，得益于父亲的熏陶，每到一地，卡尔西总是迫不及待地跳下船去品尝当地的美食，并了解当地的饮食文化，让自己的厨艺更加丰富多元。

由于对世界各地的美食都有所研究且厨艺高超，20岁的时候卡尔西便进入了英国女王的御用厨师队伍，专门负责给世界各地前来英国访问的领导人做家乡菜。由于卡尔西勤奋好学，厨艺高超，所有人都认为卡尔西前途一片光明。

然而，22岁时的一次意外改变了一切。那一天，卡尔西外出游玩，在一个沟渠里，他看到了一具幼熊的尸体，出于好奇，他想把熊翻过来一探究竟，意想不到的是，熊的尸体底下有一根漏电的电线，卡尔西被2400伏的强电流击中，昏倒在地。因为伤势过重，他的左手被截掉了。

厨师失去了手臂还怎么做菜？卡尔西痛不欲生，认为他的人生已经结束了。为了鼓励卡尔西，父亲辞了工作并专门照顾他。父亲对他说，命运夺走的只是你的手臂，但命运毁灭不了你的菜，只要你对美食的理解和梦想还在，一切就在。

父亲的话犹如一针清醒剂，唤醒了卡尔西已经沉睡的心灵，他对着镜子里的自己说：卡尔西，你的梦想在哪里？你不能再继续沉睡下去了，即使缺一只手，你依然能做出世界上最好的菜来！

出院后，卡尔西在父亲的建议下装上了假肢。为了能准确握取和提起物品，他咬紧牙关忍着疼痛配合医生做肌肉收缩训练。经过近两个月的艰苦训练，卡尔西终于能有效控制假肢，他按捺不住初获成功的喜悦立即走进厨房练习烹饪。但假肢毕竟和他以前的左手有区别，他切菜很容易就切在不太灵活的"左手"上，用"左手"往锅里放佐料时总是把握不住用量，一种挫败感油然而生。

为了能让自己平静下来，卡尔西给自己放了几天假，走出厨房，来到大街小巷观看人们享用美食的喜悦。几天后，他充满信心地返回了厨房，并开始强化训练用左手做菜的技巧。左手削皮、切菜、摆盘、切牛排，十次不行二十次，二十次不行五十次，几个月下来光切刀就用坏了好几把。功夫不负有心人，随着时间的推移，他变得越来越熟练，而且他渐渐发现假肢也有假肢的好处，切菜时他再不用担心切到手指，再烫的锅盖他也能徒手揭开，刀钝了直接在手上磨，水再冷也能洗菜……慢慢地，卡尔西又找回了当初的感觉，厨房里的他甚至比以前更加游刃有余。英王室得知他自强不息的事迹后，特意派人看望他并邀请他返回厨师队伍，卡尔西委婉地拒绝了。

卡尔西的坚强和乐观感动了无数人，很多电视节目都邀请他去现场做菜，人们从他的节目中不仅学到了做菜的技术，而且学会了坚强与乐观。不久，卡尔西开了一家餐饮公司，因为他勤奋、乐观、坚强，员工在他的感染下也都非常卖力，公司一开张便生意火爆，人流如织。但即使当了老板，卡尔西也没有忘记他最初的梦想，一直坚持在烹饪一线，用他的独臂烹饪着他对美食的理解。

　　人的一生会有命运的不公，但一个人只要精神不倒，任何坎坷都很难使他摔倒！犹如卡尔西，命运夺走了他一只手，他却把这场苦难变成了一次重生！

与众不同又何妨

清　心

阳光西斜，书房的光线渐渐暗下来。电脑屏幕上，男孩局促地站在全班同学面前，大大的眼睛水汪汪的，里面荡满了层层叠叠的雾霭："对不起！耽误大家上课了。以后……我保证……再不发出怪声了。"老师满意地点点头。他的眉头，却凝了深深的无奈与迷茫。然而，刚刚回到座位上，他的头又开始向一侧频繁摆动，同时，喉咙亦无法控制地，再次发出"啵啵"的怪叫。老师的目光，刀子般落到他身上。寂静的教室，又是一阵哄堂大笑……

长长的叹息，秋叶般掉下来。心像被尖锐的针扎了又扎，倏然间生疼。

男孩叫科恩，是美国电影《叫我第一名》的主人公。与某些不那么幸运的孩子一样，科恩也是被上帝咬过一口的苹果。自六岁起，妥瑞氏症如同亲密的伙伴，几乎与他形影不离。这是一种罕见的，至今尚无医治手段的精神控制失调疾病。症状是，无论在课堂上，餐馆里，还是美妙的音乐会上，科恩都会无法抑制地反复发出巨大的"啵啵"声。由于行为异常，科恩受尽了同学的欺负，老师的批评，以及校长的责备和开除。甚至，连父亲都一直认为，他所需要的，不是去医院治疗，而是自身的克服和控制。好在，天空不可能一直阴沉，生活亦不会完全糟糕。生命里，总有一些理解和关怀，如同冬日的阳光，给他的心灵注入温暖和明亮。

首先是母亲，她的爱和鼓励，给科恩生命的杯子一次又一次续上了热水。其次是善良且极具教育才华的梅尔校长。音乐会上，科恩频频发出的"啵啵"声引得大家纷纷侧目。梅尔问他："你为什么要发出令人讨厌的声音？为什么不控制？"科恩一边继续发着怪声，一边难为情地回答："我无法控制。因为我患了妥瑞氏症，这种病现在无药可治。"校长又问："我们怎样才能帮你？我指的是全校的每一个人。"科恩小心翼翼地答："我只希望大家别用异样的眼光看我。"片刻过后，掌声雷动。大家一改以往的嘲讽和漠视，每个人都用友好的目光望着他。梅尔校长用心良苦的几句话，犹如一只温暖的大手，拨开了科恩头顶积蓄已久的乌云，为他的生命开启了一扇全新的大门。

大家都认为，科恩这样的情况，肯定会选择与说话无关的工作。然而，出乎所有人意料，他的理想，却是成为一名优秀的小学教师。他一直记得，梅尔校长说过，学校是用知识打败无知的地方。即使学生与众不同，也要给他们学习的机会。从那一刻起，他下决心要成为梅尔那样的老师。他要告诉每一个孩子：与众不同又何妨？即使你的缺陷终身无法改变，也没什么大不了的。只要你学会接受它，微笑着与它和平共处，它对你的负面影响就会越来越小。

为了实现教师梦，科恩在地图上圈出没有应聘过的所有学校。一次又一次面试，一次又一次失败，他的简历总是在世俗的既定概念里被冷冷地驳回。父亲怕他自尊心受挫，理智地劝他放弃。科恩却坚定地回答：希望是很难戒掉的习惯。当老师是我毕生的愿望，我别无选择！在连续被25所学校拒绝后，他终于通过了景山小学的面试。那一刻，科恩灿烂地笑了，开心得像是飞了起来。坐在屏幕前的我，亦情不自禁跟他一起欢呼雀跃。

是的，在每个人心中，理想都是青春里最美的一场梦。如同盛放的烟花，璀璨而饱含激情。然而，梦想照进现实的，毕竟凤毛麟角。当烟花熄灭，夜空沉寂，大多数人，不过是黯然收了双翅，低低滑翔着，归于烟火深处。

这样看来，科恩虽然不幸，却又非常幸运。他知道自己想要什么，并且，一直循着心灵的方向，不畏挫折，迎难而上，坚定地走着一条成为自己的路。

年终，他被评为最佳优秀教师。上台领奖时，由于紧张和激动，他又无法控制地频繁发出"啵啵"的怪声。他说：我今天可以站在这里，是因为家人、同事、学生、朋友们的鼓励和支持。这个奖，应该归功于他们。但我更要感谢这辈子最难克服，也最执着的老师妥瑞氏症。它告诉了我全世界最宝贵的经验，那就是：千万别让任何事阻止你去追逐梦想！

科恩后来拿到了硕士学位，亦遇到了两心相悦的爱人。结婚后，他们一直住在亚特兰大，做着自己最喜欢的事。

非常庆幸，在这个仲夏之夜，我能遇到灿烂阳光的美国男孩科恩。他让我懂得了，当你不幸被上帝咬了一口，关键不是如何去寻找丢失的那一部分，而是如何利用剩下的那一部分。你一定要记住，不是别人让你成为第一名，而是你自己让自己成为第一名。

缓步微行，匍匐前进

旭　辉

　　他是一个记者，为了写一篇一家很大的公司压榨本地农民的报道，出差到广西。这家公司名声很大，实力也很强，有人劝他别捋虎须，可他就是想捋一捋，最好能拔下一根两根的。

　　到了当地，他走访许多农民，农民告诉他，这家公司经常收了他们的作物不给钱，只肯打白条，还压低作物等级，拼命降价。农民想把作物运出去卖，公司又扣他们的车。农民看着他的眼神热切而恳切，希望他能替他们主持一下公道。

　　他联系了这家公司，公司说这些事有的是真的，有的不是真的，不过他们会好好处理的，让他放心好了。还有，最好不要报道，不然对谁都不好。

　　他想，凭什么？于是马不停蹄地回到报社，立即开始写，内容很公允、很客观，把农民和公司两个方面的意见都写了出来，而且还就此事上升到中国所有公司存在的质量问题进行深度探讨。

　　总编很满意，大笔一挥，准予刊登。

　　这篇报道引起轰动，很多媒体都赶到当地了解究竟，其中还有很多大媒体参与，大到他们这个小媒体只能够望其项背。农民给他打来电话，说公司还了他们的车，还提高了他们的作物价格。他很高兴。

可是没过几天，所有媒体上刊登的有关这家公司的报道全被撤下，而且，更有影响的几家媒体开始撰文说他的报道失实，因为他收了农民的钱，又向这家公司索要好处费，不过被拒绝。他想：我有点冤。因为他在农民家连一口水都没喝过。

——虎须没捋到，被虎爪子拍脸上了。

他不是要故意和大老虎对着干的，只不过想还世人一个真相。谁知道真相这么微不足道。

而且，他被解雇了，不过没有给他书面的辞退书，只是让他收拾行李走人就好，要不然，"对你的前途不好"。总编很无奈也很好心地说。

拎着行李走在街上，他想，下面该怎么办呢？找一份老老实实的工作，挣一份踏踏实实的小钱，过一份安安稳稳的小日子？如果是这样，那这篇报道，就是他写的最后一篇新闻稿。

也是，不做也罢。做这种新闻太危险了，被骂、被打、被拒之门外、被砸相机的事情太多。正这么想着，一个同行打来电话，说："有没有兴趣到我们的小报社来干啊？继续负责社会新闻的采访和报道。"他甚至连一秒钟的考虑都没有，轻快地回答："好啊。"

——他真是一个受人尊敬的人，而且这样的人不止他一个。要不是有那么多人抱持着同样的新闻理想，想要给这个世界传达真相，大家早都逃之夭夭，又不是没有别的方法可以活。

曾经有一个叫邱启明的记者从央视离职，在接受《南方人物周刊》专访时，他说央视给了自己名和利，所以要摸着良心回报一些正的东西。他认为自己是一个有社会担当的人，但面对体制不能硬碰硬，只能匍匐前进。"匍匐前进"，这四个字用得好。

邱启明推崇白岩松和柴静——他们也都是央视记者。他说：他们是有智慧的人，匍匐着，迂回着做成了很多事情。相比之下，他是有些冲动了，不过，冲动总比不做要好。白岩松则就邱启明离职央视这件事说："启明可以学学岩松老大哥，去年我多次被辞职被自杀，最后我都'厚着脸皮'，既没辞职也没自杀。守土有责，我们做的事情有比恩怨情感更大的目标。"

好一个守土有责。

因为守土有责，所以哪怕只能匍匐，也要前进。

一直以来，我都是写一些小文章，有时候会收到一些稿费，就觉得理亏，因为写的都不是惊天动地的大事，就像一条小鱼或一只小虾子只看到周遭的一些小小的鱼虾水草，看不到广袤深邃的大海，但是也能快乐地吐吐泡泡。

是的，日子总不那么如意，能将阳光和热力透过文字一丝丝输送进人的心里去，也是好的。

所以，很多时候，面对很多事情，我知道自己不能力拔山兮气盖世，做不到挽狂澜于既倒，只能大家都吐口水的时候，自己不吐口水，大家都狂热地笑骂的时候，自己冷静仔细地看着，然后根据真相，悄悄站稳文字的立场。

那么，其实，我也是在缓步微行，匍匐前进。哪怕身处泥泞，也愿仰望星空，传递光明。

苦难有什么了不起

凉月满天

上学时，听老师讲，这个人经受了很多苦难，那个人经受了很多苦难，觉得这些人好可怜。如今却觉得，这种"经受了很多苦难"的说法，好粗暴。

我爷爷去世早，奶奶带着我8岁的父亲和6岁的叔叔过日子，踮着三寸金莲样的小脚操持家务，下地务农，给这个家里挣盐挣米。我买小人书的钱是奶奶用织的布换回来的，晚上奶奶和别的老婆儿们会下地窖子，就着昏暗的油灯嗡嗡地纺线。胳膊扬起来，扬起来，线也就从棉花条里吐出来，吐出来，渐渐缠满锭子，像个饱鼓鼓的桃子。满墙都是晃动的巨大的人影，说话的声音暗而柔和。不知什么时候我就靠在奶奶身上睡着了，再醒来的时候正一摇一晃地趴在小脚奶奶的背上往家走呢，天上星星一眨一眨的。于是我会说普天下所有小孩都会说的傻话，我说："奶奶，等我大了我好好孝顺你，给你买槽子糕吃。"奶奶就笑，幸福地说："好，好啊。"

后来，我读高中，奶奶的头发成灰白的了，穿着粗蓝布的大襟褂子，有了破洞的肩上衬着托肩。我看见别的老婆儿们一头银丝就会想，我奶奶要是也老到头发全白了，我大概也就能挣上钱了，就能给我奶奶买槽子糕了。高二的一天，我正在教室学习，村里来人接我回去，说奶奶病了。进村，看见门上的白对联，进门，看见爹和叔叔穿着大孝，听见里面一阵阵的号哭。然后我进屋，看见我深爱的奶奶躺在那里，蒙着白布蒙单——我奶奶的头发还没来得及全白呢。

——她也没有吃到我挣钱买的槽子糕。

我若写传，满有资格替她写下"她的人生历经苦难"。你看她孤身一人，拼尽全力才撑起一个贫穷的家庭，且又没有享到儿孙的福分。可是她和老婆儿们一起纺线的时候，说话聊天，开开心心地讲鬼故事，一起发出"喔？呜，啊！"的怪声音；大家一起凑钱"打平伙儿"买东西吃，她又把炒过的花生擀成细面儿，一点一点用小勺挖进没牙的嘴里，脸上挂着满足的笑；她喜欢采木耳，下细雨的时候，端个小碗，翻木头，把漾生出来的小黑木耳一朵一朵摘下来炒菜吃，她的脸上也是笑着的——东一朵西一朵，她的生活里到处开着她喜欢的花。她的日子过得无非苦一点，难一点，可是"苦难"这个词，有资格在她的人生里停伫吗？

这个世界上，外人看来正在经历悲惨人生的人很多很多，但是很少有谁肯承认说"我正在经历苦难"，他们只会说："好难啊。日子好难过。"或者说："日子太苦了。""苦难"这么严重的词落实在日常生活里，也不过就是柴米油盐、得不到与已失去，而这些又有什么稀罕的？

时光把庸常生涯消解，然后在它的土壤上种植出莫名的诗意。甚至是过往的柴米油盐，好像也散发着一种神性的光，过去的柴比如今的亮，过去的米比如今的香。

——我们总是在有意无意地神化或者妖化或者苦难化历史和历史中的一个一个曾经活生生的人。

而事实上，苦，哭一场就好了，难，熬过去就好了，有什么大不了的？股神巴菲特不苦吗？比尔·盖茨不难吗？这一刻是富翁，下一刻也许就破产。周星驰不苦不难吗？一个削尖脑袋奋斗大半生的，已经五十岁的，差不多已经笑不动的，没有妻、没有子、没有家的老光棍，一个叫柴静的记者采访他的时候，他反反复复地说："我运气不好。"曹雪芹不苦吗？老舍不难吗？杜甫不苦吗？路遥不难吗？李清照不苦吗？白居易不难吗？苏东坡不苦吗？王安石不难吗？可是，他们的笔下，谁又没有写过那些轻倩摇动的好时光？他们不是咬着牙齿忍受生活，而是真的在享受着沉重的生活缝隙中漏出来的一点点欢乐。杜甫不独会写"布衾多年冷似铁，娇儿恶卧踏里裂"，也会写"黄四娘家花满蹊，千朵万朵压枝低"；苏东坡不但会蹲大牢、下监狱，也会贬官去职后，还有闲心半夜起身，叫上朋友一起欣赏藻月中庭的一点竹影子："何夜无月？何处无竹柏？但少闲人如吾两人者耳。"

每个人都在活，每个人都曾有过漫长黑夜里的悲哀、无助，然而依旧咬牙坚持，灵魂脆弱而又坚韧。也许我们的日子过得有点苦，有点难，可是苦难是什么？又有什么了不起的？

凡间行路

闫荣霞

符凡迪是一个我不认识的人。

我只是偶然看过他的一个视频，参加一个电视台举办的唱歌选秀大赛。

他吸引我的是他的职业，大屏幕上打出来的是"拾荒者"。

个不高，很长的头发，披在肩上。很收缩的站姿，两只手捧住话筒，双肩前拢。

92年从老家出来到深圳打工，同学给了他50块钱，坐大巴就花了35块。结果这里用工只招本地人；偶尔有招外地人的，又需要交押金。他从此走上拾荒之路，偶尔做做清洁工、洗碗工。

他甚至不知道自己的年龄。父亲在他1岁多时去世，母亲没告诉过他哪年哪月生。本地户籍警说年满18岁才可以打工，我给你填18岁吧。所以，他现在是"40多岁"，多多少，多不多，不确定。

他是爱唱歌的，到酒吧应试过歌手也通过了，可是没有好的衣裳。

也有人给他介绍过对象，他很中意人家姑娘，可是他的条件又是这样。

所以，现在的他，就是一个40多岁的，不名一文的，没有房、没有车、没有家、没有妻、没有子、没有劳保和三险一金、没有救济，什么都没有的，老光棍。

可是他唱"朋友别哭"："有没有一扇窗，能让你不绝望。看一看花花世界，原来像梦一场……朋友别哭，我依然是你心灵的归宿；朋友别哭，要相信自己的路。红尘中有太多茫然痴心的追逐，你的苦我也有感触。"

他还在安慰别人。

唱歌的时候，看着很远的地方，眼睛里没有热烈的神采，没有志在必得、胜在必得的欲望。就只是很安静地在唱。

无声无息，穿透人心。

观众起立，鼓掌，评委热泪盈眶。他说谢谢，谢谢，谢谢，我做梦也想不到会登上这么……好的舞台。这个"好"字，他有点迟疑，后来加重了语气，在他的世界里，这就是天堂。这样的声光电舞，这样的五色流离，这样的让他梦寐以求而又求之不得。真好啊，真好。

所以，谢谢舞台，谢谢观众，谢谢主持，谢谢评委。

他一直在感恩，心里没有怨恨。

他没有说我怎么会有这样的父母，怎么生在这样贫穷的家庭；也没有说我怎么会落到这样的境地，这是一个怎样狗屁不通的社会。

评委问他："据说你还在帮助一个人的母亲，是吗？"

他没有详述事件原委，只是迫不及待表达愿望，说，一直以来，我的心里就有一个梦想，想要帮助更多的人。这样的人，会因为自觉受到错待而杀人吗？会因为食不饱衣不暖而报复社会吗？会因为出无车食无鱼怨恨人群吗？会因为无妻无子身边无人老来无靠自杀吗？

他没事的时候会看书，听音乐，唱歌。他甚至在书店里靠看图片上的口腔发音自学会了英语。他说了一句英语，发音很标准，意思是："你没有办法改变你的过去，但是，你可以改变你的未来。"

我觉得他不是人。

——那些自己宁可挨饿也要喂养流浪猫狗的人也不是人。明明自己衣食无着，却还要给路边乞丐一枚硬币的也不是人。祈祷上天赐福天下所有受冻的人住高房暖屋，"吾庐独破受冻死亦足"的杜甫也不是人。

那个美女评委说："谢谢你，我本来已经对这个舞台习以为常，是你让我找到了对这个舞台、这个世界的敬畏之心。"

是的，该说谢谢的是我们。因为我们知道感恩，却不感恩；知道敬畏，却无敬畏；知道顺从，却不肯顺从。我们不肯不抱怨，不肯不嚷骂，不肯不愤怒，不肯不钻营。

可是，哪怕常年心里雾霾深重，也瞥见了一线天空，青色的苍穹上镶着一双宁定、安慰的眼神。

——像行走人间的基督的眼神，像穿着百衲衣托钵行乞的佛陀的眼神。

只要你肯看，便能看见。只要你愿走，凡间行路，如同他们，亦可如神。

上帝没有答应
送你一座玫瑰园

旭　辉

　　一个女人，病得很严重。她进入由病友组成的圈子，躺在她们围成的圆圈里，有一位女士为她祷告，希望她能完全治愈。她感到平静和安心。

　　可是她仍旧在想：为什么是我呢？我没有做过什么坏事啊，为什么报应会来到我身上呢？然后又会想：凭什么呢？那些被同样的苦难折磨的人那么多，我凭什么要比他们幸运呢？为什么我们每个人就不能不经受苦难折磨呢？

　　她疼痛，然后切身感知到了别人的疼痛。就像她和别人原本是一只被利刃分剖开的瓜，借由疼痛，又长在了一起；又像一个孤岛，借由不幸和别的孤岛重新联结。她希望自己能够活得久一点，好用自己经由疾病学来的东西，化身萤光，帮助别人度过重病将死这段幽深晦暗的路。

　　就这样，病痛好像一把刀，把她的混沌麻木的感知划开，又好像打开一扇窗，使她看到更辽远阔大和幽深细微的世界。死亡就在不远处，它是钉子，是荆棘，是禅师，是星，是月。

　　有一部很老的电影，叫《狗脸的岁月》，故事主角是一名12岁的小男孩。他母亲死了，他的狗儿被带走了，他被迫离开自己的家园。"还不算太糟,"他说,"因为可能还有更糟的事,譬如那个刚做完肾脏移植手术的人,他很有名,你在电视新闻上可以看到他。但他还是死了。"他的名言就是:"情况可能更糟,你一定要记得这一点。"所以,"其实和许多人比较之下,我算是非常幸运了。"

这么说来,我们每个人都是幸运的。死亡哪怕就在不远处,我们还活着,对不对?就算我们很快要死,可是我们看到了别人看不到的东西,我们的心胸甚至比以前更阔大,更慈悲。

当我在看守所见到这个男孩子的时候,不由被他清清秀秀的眉眼吸引。他不过十七八岁,繁叶初花一般的年纪,却因为敲诈、抢劫比他幼小的人而身陷囹圄。而且很奇怪,被他欺负的全都是小女孩,最大的不过15岁,最小的只有十来岁。这样一个师范学校的学生,将来是要教书育人,传道授业的,如今却坐在铁窗里面和我相对而视。

"你为什么要这么做呢?"

他莞尔一笑,笑容很好看,脸上笼罩一层青草汁一样新鲜的青春:

"你看吧,我老爸爱上别的臭女人,和我妈离婚了。我妈跪着求他不要离开,他都不肯。我妈难过得自杀,躺在医院里,我给爸爸打电话,说让我爸来一下,我妈想见他。那个臭女人在旁边说:'都已经离婚了,还见见见,见个鬼!'结果我妈到死都没能再见上我爸一面。到现在我没有吃,没有穿,没有爸爸妈妈疼爱,都是那个臭女人害的!你说,我该不该报复女人？"

"可是，"我心痛，"因为臭女人害了你和妈妈，你就要害别的女孩子吗？你可知道，你的行为，给她们造成多大的痛苦？"

"我管她们痛苦不痛苦，谁又管过我痛苦！"

谈话进行不下去了，他眼里闪动着和年龄不符的毒恨和阴狠。

这个孩子心中有根刺，是别人给他扎上去的，然后他又拿出来像匕首一样乱刺，把身边的人扎得鲜血淋漓。

可以说这个孩子偏执成狂，也可以说他求告无门，不惜以命相酬的冤深似海。无论怎样，它都让我无法超然对待，只觉深重到无力的悲哀，海水一样渐渐地漫过来。世间苦情也多，倒不如遗忘一些些。当收手时收手，当放下时放下，腾出光阴好种花。

董桥的书里提到英国伦敦一个卖书的老先生，从不对客人做推荐，客人不免一边付钱一边抱怨，说是不知道书买回去合不合意，老先生说："我并没有答应送你一座玫瑰园！你再翻清楚才决定要不要吧。"

上帝就像一个卖书匠，他也并没有答应送我们每个人一座玫瑰园。天光云影，光便光，暗便暗；云影来便来，去便去。眠鸥宿鹭，鸥眠也是白，鹭宿也是白。灾难与疾患来了，那就让它如实地存在。印度的拉马纳尊者说："你们时常为那些发生在自己身上的好事而感谢上帝，却不会为了降临在自己身上的坏事而感谢它，这正是你们所犯的错误。"确实。事哪有好坏，玫瑰园和垃圾场同样存在。说到底，不管世路荆棘几多，坎坷几多，不公不平不正有几多，玫瑰总归是要自己种的，种在心里的玫瑰园也要自己经营，自己负责。

被抢走鱼山的猫能成佛

诗路花雨

跑去签到。不断有人问："嚯，回来啦？"

在外漂泊好几年，借调在一个风风光光的单位，没本事调出去，却被一脚踹回来，人家问两声也是正常的。有关心的，有猎奇的，我一律点头复点头，微笑复微笑："回来了，嗯，我回来了。"

上午办饭卡，走进一个月亮门，行行复行行，一转头——几行高高的槐树，细细的槐枝描画着灰灰的天幕，树脚下是长面包一样的畦土，零落碎卷着那么多那么多的树叶，交叠静卧，远处残雪将消未消。乖乖，你真美。

去年冬雪淹了膝盖，农田菜园俱被深埋，一条小路蜿蜒而过，一步步踏下去，左边一歪，右边一倒，倒下去手撑地，一只深深的手印就烙进雪里。通衢大道不肯行，只愿在小径跋涉，实在是爱极了万物皆被雪，唯枯草几茎，支棱在浑圆的雪馍馍上，那样圆润浑然的景色，美得人心都发疼。

那时亦如现在，也是不快乐的。暗夜思索，总不知道活着为了什么。以前觉得发表一篇文章是无上的快乐，再以前，觉得教出一个好学生是无上的快乐，再以前的以前，家里若有钱给我买一顶新草帽便是无上的快乐，因为随我爹去田里劳作的时候，头上戴的这顶，早被风雨汗水沤得发黄变黑，险些糟成一个帽圈了……可是所有的快乐，都如同鲜艳的玫瑰凋落，枝头残瓣也被时光漂白了颜色。

好像这一生，从来没有过那样一无挂碍的，无牵无念的，快乐。

有时候想着把一切都舍了，去一个有山有水的所在，剃净了三千烦恼的毛，那样总该是快乐的。可是，让别的女人住我的房，睡我的床，打我的孩子，让我的老公鞍前马后伺候着，我不舍得。而且，我还挣着工资呢，工资的背后是我十几年的寒窗苦读啊，我不舍得。不穿俗世的衣，不吃俗世的饭，不读俗世的书，不写俗世的文字，我不舍得。

就算舍得了，又能怎样？数年前，偶去一寺院，矮小静默，院子里几个比丘尼光着头择野菜，小声谈笑，当时想着是好，让人神往的那种好，可是，现在想来，我吃得惯野菜野果，却耐不得几个人在一起的生活。我害怕按时念经，按律吃饭，既害怕淹没在一大群人里面，面目漫漶，又害怕不淹没在一大群人里面，被孤独和寂寞拉拽撕扯。若是我一个人住一所茅庵，我又不敢一个人睡觉。怕黑，怕鬼，怕大殿里金妆的佛。

所以，无论怎样，都不快乐。心里想着要快乐要快乐，但所谓的快乐，又都是骗人的。

直到看见这一地的落叶。它们卷曲着，寥落重复叠复叠。周围无人走路，自己细密的呼吸声都听得清清楚楚。长久以来的心情仿佛一幅暗哑的布，如今这布上缀了一小粒珍珠，一下子让整块布都活了，成了流丽的珠灰色。一霎时觉得被人辜负也没什么，被人伤害也没什么，被人误会也没什么，被人冷落也没什么，真的，一切都没什么。就是被命运的大手甩来甩去都没什么。原先的那种痛苦啊，不安啊，愤怨啊，其实，都是因为一个"我"。觉得"我"被偏待了。就像一只猫，觉得面前有一座鱼山，结果这条鱼被人拿走了，那条鱼被人拿走了，渐渐地，觉得所有的鱼都被人拿走了……

可是你看，树被偏待了，连衣服都被剥光扒净了，它还在用枝子在灰蓝的天上描啊描，姿态曼妙。它的脑子里是没有这个"我"字的。叶子也被偏待了，风吹雪盖，可是它还是那样静静地躺着，不苦也不涩，因为它的心里没有"我"。

世界如虎，"我"便是佛，佛是要舍身饲虎的，佛不痛，是因为他的肉身是个"我"，可他的心里没有"我"。曾经见到一句话："看淡自己是般若，看重自己是执着。"以往只觉平常，现在却觉得像是金声玉振，在耳边一圈一圈地响起来了。

据说，倘若舍得把漂亮的琉璃珠子盛在钢勺里，放在火上烤，珠子里面就会炸，外面一切完好。那炸开的细纹，就像开出的美到极致的花。做人也是如此吧，管它暗红尘怎样雪亮，热春光霎时冰凉，把世情看淡，把自己量轻，然后，小小的，微细的，忘我的快乐便如琉璃珠子里面炸裂的细纹，初时是伤的，疼的，可是一点，一点，漂浮起来，明艳成暗夜里怒放的花朵。

不安曾经席卷而过

安 宁

　　学生小寒问我，是不是走出了校园，人就再也不会自卑，更不会胆怯什么，一切都是牛气冲天的模样，脸上的自信，掩饰不住，也阻挡不了？她还拿我举例，说：老师在讲台上，滔滔不绝的样子，让我们觉得你就是一个可以主宰自我的女王呢，不要说什么无边的烦恼，它们根本见到你就是一副敬而远之的畏惧模样。

　　我笑，问她是否看过池莉的《烦恼人生》，又是否理解这4个简单的字里，所包含纳括的全部的人生哲理。她摇头，而后又问，难道是说所有人的一生都会充满烦恼吗？如果这样，那我们所做的这些努力，包括花费十几年去读书，而后为了寻找工作不断地考各种的证书，晋级，甚至是找一个前程与钱程俱备的男友，岂不是都成了无用功？反正都是要有烦恼的，不如放宽了心，等待它们一一列队过来，慢慢折磨就是了。

　　小寒而今的烦恼，用她自己的话说，是五彩斑斓，犹如一朵绽放的罂粟，看上去很美，殊不知里面是吸食后可以慢慢致死的毒药。她以为考入了大学，一切就可以像当初老师们说的那样，能够自由地恋爱，可以想睡到什么时候就睡到什么时候，再也不用担心考试的名次高低，父母也不会耳提面命地提醒她要为前程头悬梁椎刺股，还有那些网友们，可以正大光明地和他们畅聊到天亮。

但是进来后才发现大学并不是想象中的天堂。这里照例有班主任，还多出了一个总爱板着面孔的辅导员。从周一到周五，都有课程安排，即便是有一天可以无课，也不能够休息，学院里各种各样的活动都需要"坐席"，而且，明明是可以自由选择的讲座，还需要点名，明摆着就是来让自己凑人数的。宿舍里要评比，上课回答问题要计分，自己喜欢的那个男孩总是被一群大胆的女孩子团团围住，并毫不掩饰她们的痴爱。羞涩内敛的她，常常连靠近了闻点"草"香的机会都没有。那些无形有形的比拼，关于容貌，关于老师的宠爱，关于在学院里的发言权，更是激烈残酷。小寒本想做大学里与世无争的"居士"，但发现这只是一个美好的幻想。她不想争抢的一切，周围的人却逼迫着她去争去抢。到最后，她突然对大学的生活，生出了胆怯与畏惧，不知道继续向前走，一直到进入了社会，是否都会如此惶恐不安。

小寒说，老师您会畏惧什么呢？您已博士毕业，不会有再继续追求学历的痛苦。您还有了房子，和让我们羡慕的老公，听说他天天为你下厨做饭，毫无怨言。或许过不了多久，您就能顺利评上副教授，到时声名荣誉，纷至沓来，您就是站在光环里的，别人想夺都夺不去，全都是仰慕崇敬的视线。世界上所有的好，简直都给了您呢。

我想说些什么呢，关于我自己。告诉小寒，我正在装修的房子，因为与装修公司出现了矛盾，而停滞下来，我想象中的可以收纳我忧伤的居所，现在正在寒风里大张着嘴，像一个嗷嗷待哺的婴孩？或者告诉她，我每天为职称和领导的认可而烦恼，我所雄心勃勃想要实现的那些理想，在现实面前，不只是软弱无力，而且有滑稽可笑的容颜？再或试图让她明白，我为继续写作安享两个人的独立时光，还是选择生下一个孩子，将自己陷入奶粉尿布和乱哄哄的哭闹中，而内心日日挣扎苦痛？

　　但这些在青葱明媚的小寒那里，又会得到多少共振与同情呢？她甚至在菜市场的拐角处，遇到暗恋的那个男老师，手里拿着一把芹菜的时候，心底生出了鄙夷与不屑，恨这样风华正茂的一个男人，被家庭的琐碎与庸常捆缚住，而不能够逃脱。她也未必明白已是大学老师的我，还要跑到夜市上，为新家挑选那些便宜的小家具。她想象中，我应该是过着咖啡洋酒的小资生活的，而那种为了省钱在家煮面炒青菜吃的简朴，不可思议，也毫无美感。

　　我最终逃避了这些问题，反问她的父母，她的亲朋，她的那些年长的表哥或者表姐，他们都是走入社会的人，是不是像她想象的那样，离开了校园，便拥有了某种可以正视这个世界的力量，会不会偷偷地哭泣，或者当众发火，再或有远比她更甚的恐惧与绝望？如果有，那么，她就能够明白，我们漫长的一生中，总是充满了形形色色的隐喻和暗喻，烦恼犹如繁盛的水草，或者泥淖，你小心翼翼地避开它们，才能够让生命的舟楫，可以畅通无阻地行驶到想去的地方。

小寒对这样的哲理，大约是半懂不懂，她的眼睛里，依然是一半迷茫，一半忧伤。青春里的迷雾，在那些烦恼的水草之上，弥漫开来，将她想要的去路，暂时地遮掩。

我知道她真正需要的，不是我，亦不是某个知名的心理医生，而是可以医治那些曾经席卷过我们每一个人的不安的时间。

也唯有时间，可以催熟枝头青涩的果实。还有，它们对于下落的恐慌。

第五辑

成也反思，败也反思

"失败是成功之母"。这句话不对。它让我们沮丧与怀疑，觉得力有不逮。事实上没有失败。每一条路都通向成功。所谓的"失败"只是"此路不通"的一个声明，告诉我们需要转向而行。越早转向，目的越能早日达成。是以它也是成功之链的其中一环。只是要警惕，成功，有时候反而是失败的因由，一时的辉煌，却是通向黑暗下行的阶梯。面对失败要鼓足勇气，面对成功，却要打起十二万分的警惕。

成功也是失败之母

古保祥

14岁的少年詹姆斯看了一部科幻电影，电影的名字叫做《2001太空漫游》，他被片中精彩的画面所感染，下决心要做一名导演，也要制作出世界上无与伦比的精彩画面。

他天生有艺术感召力，总爱在公开场合说出自己的思想，因此，他博得了许多同学的羡慕。当然，也有许多人反感他的不可一世，他下决心用一场演出来堵住大家的嘴。

这件事情发生在他18岁那年，在加利福尼亚州立大学物理系，他多次申请后才取得了元旦晚会的导演权，但校园里许多人对他不屑一顾，一个物理系的学生偏偏喜欢什么艺术，简直就是走弯路。

他用一场完美的晚会博得了经久不息的掌声，当他高高地被众人抛起时，一颗年轻萌动的心开始膨胀起来。

在接下来的大学校园生活中，他接连举办了三场晚会，但效果却一场比一场差，在最后一次，他不得不将整场演出以内部招标的方式租给另外一名校外导演。消息传出去后，许多人对他嗤之以鼻，认为他根本就不是做艺术的料，也有人说他是骄傲过度的结果，才能被虚伪掩饰了。

这个名叫詹姆斯的年轻学子，毕业后没有从事与物理相关的行业，他做过煤矿工人，做过钳工，为了生存甚至于给人家干过苦力，但他那颗经受打击的心从未停歇过，他利用挣来的钱投奔艺术学院接受正规的培训教育。

时间来到了 1981 年，他自编自导自拍的影片《食人鱼2：繁殖》几经辗转在意大利拍摄完成。这部奇异的电影让他声名鹊起，人们开始认识了一个年轻帅气的导演，他的意气风发和在众人面前的侃侃而谈吸引了众多的影迷。

但命运与他开了个天大的玩笑，他接连拍的几部影片却遭遇了无人问津的结果，他为此深陷迷途，曾经想过干脆不做了，或者是重新拾回自己的的物理专业，去实验室里终结自己的生命。

时间沉寂到了 1997 年，当时世界上最昂贵的电影《泰坦尼克号》拍摄成功投放市场，人们都在说詹姆期是在与命运豪赌，在影片的制作过程中，他身体力行，几乎每一个角色与过程都凝聚了他的心血，他大声疾呼着：'泰坦尼克号'可沉，《泰坦尼克号》不可沉。

时间证明了一切，《泰坦尼克号》取得了举世瞩目的成功。

2010 年初，一部叫《阿凡达》的电影几乎囊括了所有的奖项，迷人的画面设计，非同寻常的视觉震撼，将观众带入到一个科幻的磁场中，看完不忍离开，拍手叫绝，欲罢不能。

詹姆斯·卡梅隆，加拿大著名导演，被人们称为一个天才导演，最昂贵的导演，获得奖项最多的导演。

他曾经说过一句话：不要总是认为失败是成功之母，有时候，成功也是失败之母。一次成功是不值得一提的，也许忘记成功才是最重要的，因为你如果只看到成功，就会影响你的思想，冷静地看待自己十分重要。

真正的灾难

彭永强

梁子和我同岁，我们自小就是很好的朋友。他的命很苦，据我的长辈们私下里说，梁子本不是爹娘亲生的，是2岁那年，不能生育的爹娘从一个人贩子手里买来的。

5岁之前，梁子家的生活虽然不富裕，但至少还能维持住温饱。就在那年，梁子的娘一夜之间得了一种怪病，全身瘫痪了。爹拉着娘跑遍了全县所有的医院，也没有治好娘的怪病。娘死的时候，家里不仅一贫如洗，还欠下了不少外债……

祸不单行的是，三年之后，爹在山上采药时一不小心从十几米高的峭壁上摔了下来，他们没钱医治，只好在乡下小诊所包扎了事。几个月之后，爹能够下地活动了，可惜一条腿再也没用了。从此，爹爹领着梁子，在远远近近的村子、乡镇，以乞讨为生。

在苦难中成长的梁子，却是一个认真好学的孩子。一有时间，他就到学校偷偷听课，有不会的问题就拿来问我。就这样，我成了他最好的朋友。

转眼之间，我们长到了17岁，初中毕业的我无事可做，决定跟随舅舅到外面的城市去打工。听到这个消息，梁子偷偷地找到我，央求着我向舅舅求求情，让他和我们一起去……

舅舅了解到梁子家的惨状，决定给梁子一个机会。

于是，我们第一次见到了山外的大城市。舅舅领着我和梁子去了一个装修队，给城里人装修房子。我们都是穷苦人家长大的孩子，踏实能干，没用多久就适应了打工的生活。

三个月后的一天，突然有个西装革履的男人领着一个警察来找梁子，这下把我们所有的人都吓坏了，还以为梁子做了什么犯法的事儿。可警察和那男人并没有斥责梁子，而是柔声细气地和我们说话，向我们大家询问梁子的身世。一听说梁子是2岁那年被拐卖到我们村的，那男人顿时激动地双手颤抖，不顾梁子涂料斑斑的工作服，一把将他揽在怀里，痛哭流涕："孩子啊，我总算找到你了啊……"

原来，这西装男人是这个城市里一个区的区长，他的儿子2岁那年被保姆拐骗走了，从此杳无音讯。我们仔细打量，梁子和这男人长得还真很像。那警察倒还镇定，毕恭毕敬地说："贾区长，依我看，咱们还是先去做个亲子鉴定吧？免得有什么差错……"

亲子鉴定最终证明，梁子就是贾区长的亲生儿子。面对着始料不及的好事，梁子一遍又一遍地问我："小哥，这是真的吗？我该不会是穷疯了，自己做梦吧？"我伸出手，在他胳膊上拧了一下，他叫了一声。我笑着对他说："做梦的话，你怎么会感觉到疼？"

一夜之间，梁子就成了城里人，理所当然也就离开了我们的装修队。

十多天后，梁子坐着一辆锃亮的轿车来找我，要我去他家做客。在梁子家，我第一次见到这么豪华的房子，红木地板一尘不染，里里外外金碧辉煌。在这么豪华的地方，我觉得颇不自在，丰盛的饭菜竟然没吃出什么味儿来。临走时，梁子拿出五百元钱和一条高档香烟送给我，我推辞半天，挡不住梁子的热情，最终收下了。回去后，我把香烟给装修队队员挨个散发，大家一致说梁子很义气……

再次见到梁子已经是三个月以后了。那天，我正好休息，一个人在公园门口溜达着，突然一辆轿车嘎的一声在我面前停下来。车窗摇下来，我看见一张颇熟悉的脸正对着我笑，好一会儿我没认出是谁来。

"小哥，连我都不认识了啊？"一听声音，我才辨出是梁子来，一时间很是激动，正想去抓他的手，见他并没有伸手的意思，我只好作罢。梁子说，他现在是区里一个局的副局长了，平常很忙，连找我吃顿饭的时间都没有……

梁子和我说了几分钟的话就走了。走时，他硬塞给我几包烟、几瓶饮料。

此后好久没有梁子的消息。大约又过了五六个月，那天正好下雨，由于当时是户外维修，我们没法正常工作。我打着伞出去闲逛，在一座天桥下边，我看见一个长相极像梁子的人，但不敢断定，因为这男人衣衫褴褛，身上还散发着尿臊味儿。他的面前正放着一个破碗，里面扔着几个零星的硬币……

我正徘徊不定间，突然见一个人从轿车上走下来，扔给这乞丐五元钱。谁知这乞丐倒不知好，用领导的派头喊着：

"去去去！拿走，拿走！你这不是想让我犯错误嘛……"一听这熟悉的声音，我断定这一定是梁子了！

这时候，不少人已经围了上来。有人嘻嘻哈哈地打趣："这是我见过的最有个性的乞丐！"有人说："可能他是乞丐中的官吧，这么大的架子……"

那轿车上走下来的男人这时开口了："你们别瞧不起他！他一个月前还是咱们区的贾副局长呢！只可惜他父亲贪污受贿，东窗事发，百万家产全部被抄了。他也因此被撤职，正准备去美国读书的事儿也泡汤了，从一个百万富翁变成一个穷光蛋，他受不了这个刺激，终于疯了……"

回到起点

吾　未

　　高中时，班里有一个同学，其他学科的成绩都很好，就是英语总不行。他在英语上花的时间并不比其他学科少，然而，无论他怎么努力，他的英语成绩始终"惨不忍睹"。

　　高考成绩出来后，他的英语分数比平时测试还要低，严重拖了后腿。最终，他只考上了一所普通的二本院校。由于家里条件优越，他爸爸希望他可以出国留学。但是因为英语的缘故，他一直很抵触。直到大一下学期，他才答应家里去考托福。

　　大学里有充分自由支配的时间，所以他几乎把全部的时间、心思放在了英语学习上。不过这一次，他并没有沿袭从前的学习方式。或者说，他把以前关于英语的包袱全都扔下了，包括一次次失败的阴影。

　　他从字母、音标等最初级的阶段开始学习。很多同学对此感到惊讶，劝他说，这样没必要，也太耽搁时间。但他不在意，用了整整一个学期的时间把初中三年的英语课程全部重新学了一遍，于是他掌握了基本的英语语法。接着，他又用了半年的时间把高中英语学了一遍，为他接下来的托福学习奠定了坚实的基础。在这期间，只要有问题他就问老师，基本上今天的问题不会留到明天。随后，他才开始托福的课程学习。最后，成绩出来了，他考了80多分，满分120分。这一次，他如愿地去了美国一所不错的州立大学。

还有一位朋友，和我一样，很喜欢写东西，小说、诗歌、散文，他都写。电脑里写下的文章已经超过了百篇，但说实话，作品的质量并不高。因此，当他将那些文章投到报社或是杂志社的时候，无一例外地石沉大海。为此，他一度觉得自己并不适合写东西，便搁笔了很长时间。

直到有一天，他突然告诉我他的一篇小说发表在了一家很厉害的刊物上。我顿觉很诡异，他不是很长时间都没有写东西了吗？难道是瞎猫撞上了死耗子？

他似乎猜中了我的心思，笑着告诉我，这段时间他一直在反思。他说："写东西就像种菜，我以前是这里撒一点那里播一点，根本没有认真经营，结果就只能是一团糟。"为了种出一园"好菜"，他毅然决然地删掉了那一百多篇文章。我对此难以置信，那些文章都是他熬夜写出来的，虽然内容不出彩，但是也有很多可圈可点的地方，只要再经过悉心的修改，发表出来没有问题。

可他没有这么做，他认为只有回到起点，才能产生更多意想不到的可能。同时，他也不再"胡子眉毛一把抓"，而是专注小说创作。他开始学习小说创作的基础知识。看到一篇好的小说，他就在旁边做标注，记笔记。他还拜了一位作家为师，在那位作家的指点下，他对小说的创作渐入佳境。

迄今为止，他已在省级刊物上发表了不下十篇小说。

很多时候，我们都缺乏回到起点的勇气，或是像那位学英语的同学一样无法摆脱曾经的阴影，或是像学写作的朋友那样舍不得丢掉积累了很久的成果，让自己的学习或者生活陷入了迷茫中。然而，我们却忽略了，一旦当我们从心里卸下那些"包袱"，从最初的起点重新开始，就会发现——原来，通往成功的道路有那么多条。正如朋友所言，从起点开始，虽然需要更多的耐心，虽然烦琐一些、艰难一些，但也有更多意想不到的可能。

我们都是带枪的猎人

木 子

上小学三年级的时候，一次，老师说要选几名同学上主席台给来宾献花。我高高地举起手说，我去！

那个年轻的女老师看了看我，脸上露出不屑的神色，淡淡地说了句，你长得太丑了，你不行！

教室里，立刻响起哄堂大笑声，有几个大胆的男生，还用手拍打着桌面，嘴里发出尖锐的叫声。

那一刻，我恨不得找个地缝钻进去，感到无地自容。

下课了，同学们三三两两在一起，兴高采烈地进进出出，我还傻乎乎地坐在座位上。那句"你长得太丑了，你不行！"还一直在我耳边轰隆隆响起。那声音，是那么刺耳，像一块巨石堵在我的心口上，压抑得我喘不过气来。

因为那句"你长得太丑了，你不行！"让曾经无忧无虑的我，变得多了一分敏感和脆弱，以至于很长时间，我都走不出心灵的阴影，无论干什么事，我都缩手缩脚的，没有了一点自信。那个年轻的女老师，在我眼里，她就像一个魔兽，总是露出狰狞的面孔，张牙舞爪地向我扑来，我在竭力躲藏着……

那年，邻居家一个叫小红的小姑娘每天站在窗台前拉小提琴。那悠悠的琴音，像潺潺的流水，沁人心脾。

琴声吸引了我。我趴在她家窗前，看到那小提琴流光溢彩，好像一面镜子，能照进人似的。我忍不住地央求道，小红，让我摸摸你的小提琴好吗？

小红看了看我，大概她看出了我的可怜相，轻轻地说道，你只能轻轻摸一下，不能摸坏了。

我用力地点了点头，伸出一只手，小心翼翼地想去摸摸那把小提琴。

突然，小红妈妈进来了，她大声呵斥道，你这爪子这么脏，怎么能摸我家的小提琴？

这声怒吼，仿佛晴天霹雳，吓得我赶紧缩回了手，逃也似的滑下窗。因为太紧张了，头重重地撞在窗沿上。跑出很远，我顾不得揉揉头上被撞出的一个大包，而是伸出手，仔细看着两只手，悲怆地哭泣道，我这手叫爪子吗？

从此，小红家的小提琴声，我再也听不出潺潺的流水声，相反，却感到像电锯声，拉出的每个音节，都感到十分刺耳。

一次，初中同学聚会。一个叫许通通的同学坐到了我身边，他和我热情寒暄着。忽然，他说了句，你还记得初中二年级的时候，一次，你看了我写的作文后，在班上大声嚷嚷，说我写的作文全是胡编乱造，什么蓝色的月亮挂在天空上，什么小虫在草丛里浅吟低唱，还有什么风像奶奶的手掌，温柔地抚摸着我的脸颊……你那尖利的嘲笑，像锤子一样，深深地刺痛了我，我感到无地自容。要知道，我从小就想当一名作家，因为你的嘲笑，后来，我的那个梦想彻底泯灭了。

以至于几十年后，每当我提笔想写点什么，当年你在教室里那嘲笑声，又在我耳旁响起，我再也提不起笔来。

老同学的一席话，让我感到无比震惊。我怎么一点也想不起来了，我怎么也成了像我遇到的那个小学老师，还有小红妈一样的人了？

凭借《三体》荣获2015年"雨果奖"的著名科幻作家刘慈欣，说过这么一句话，宇宙就像是一座黑暗的森林，里面的每个人都是带枪的猎人。他们像幽灵般潜行于林间，如果他发现了别的生命，能做的只有一件事，开枪。在这片森林里，你随时可以被别人消灭，你也在随时消灭别人。这就是所谓的宇宙文明图景。

看到这里，我不禁哭了。原来，我们自诩为自己是个文明人，其实，我们都是带枪的猎人，像幽灵般潜行于林间，我们都会随时开枪。

最后测试

顾文显

　　一家新成立的三资企业要招聘一名女出纳员，工资待遇优厚得让人不敢相信。顿时，满城的女青年疯了，每人交纳100元报名费，然后，面试、笔试，折腾了半月足有，只剩下不到10人，最佳候选人就从这几个人中间产生。

　　某单位的柳小辉过关斩将，成了为数不多的幸存者。她观察了一下自己的几名竞争对手，论年龄，论口才，尤其是相貌和风度……她顶少也有百分之七十的把握，柳小辉高兴得芳心骤跳，夜夜从梦中笑醒。

　　谁知好事多磨，进入决赛后，用人单位反倒没了动静。柳小辉这个急啊，差不多天天打听消息，唯恐让别人钻空子占了先，但消息绝对准确：招聘人选根本没定下来。肯定是骗局，每人100元，加起来可不是小数目。柳小辉又恨又没法子，只好耐着性子在原单位上班。

　　这一天，刚发完工资，柳小辉闲得无聊，便约了同科室的李静逛商场。待买了些可心东西返回时，发现办公室的另一名同事王姐也走了，她椅子上坐着个陌生男子，见她们回来，连忙欠身打招呼。

柳小辉很反感。一个男人待在女人的办公室里干什么？她冷冷地问："你找谁？"

"先不说找谁。请问二位是这个办公室的吗？"那男子问。见两位姑娘点头，男子又问："你们哪位坐哪把椅子？"

"这跟局外人有关系吗？"柳小辉更反感了，"我刚才请问过，你找哪个？"

男子从茶杯下取出压在下面的一张百元大票，钱的一角沾了些碳素墨水。他微微一笑："我等失主呢。刚才在这两把椅子中间拾到这张钱，你们说我揣走还是归还？哪位的，应当谢我才是。"

李静拿眼一扫："不是我的。我没那么张钱。再说，发完工资，我贴身装着，不可能串出来，肯定是小辉的。"

"再没有别人啦？"男子把百元大票拍在柳小辉面前，说："那就是这位小姐丢的啦。"

柳小辉心口噗噗直跳：这男子捡钱是真。世上怎么会有如此傻的人，发了财还在这儿等人认回去？她想，刚刚让那三资企业骗去100元，这回算是补偿吧。想到这儿，她故作迟疑地说："是我丢的吗？"我钱装在兜里怎么会掉地下？这样说，她给自己布好了台阶，假如钱不是她的，还有退路。

"你兜里的钱不会数一数？"李静提醒她。

"我的钱没个数。"柳小辉双手一摊。

百元大票归了柳小辉。为了表示礼貌和感谢，她微笑着给来客倒水、沏茶，并询问对方是找谁来的。

"我专门恭候您哪，柳小辉小姐。"男子也报以微笑，"我是您应聘那家企业的职员，奉命来对柳小姐进行最后一次考核。"

这真是意外的惊喜！柳小辉满面春风：“要测什么请马上开始吧。我从来不像别人那样，还需要准备这准备那。这样突然的考试最合理，能看出真正的水平。"

"说得太对了。"男子说，"可我们的考核已经结束。我十分遗憾地通知小姐，请另谋高就。"男子站起身来告辞。

柳小辉一下子明白过来，刚才那张百元大票，是块试金石！她沮丧地掏出那张钱，还给男子：“你们这种考试方法，含有某种欺骗性和污辱性，我兜里的钱的确没有数。"

"不会的。"男子摇摇头，"您在以前的考核中表现突出，尤其是记忆力惊人，您不会不清楚自己兜里有多少钱，何况其误差达百元之多，你更不可能忘记自己有没有过这样一张被严重污染过的钞票。按常理，刚才您去购物时，如果真有这么张钱，您一定会想起把它花出去或者发现它已丢失。这张钞票依然归小姐您，就当我们退还您的报名费。假如这一位小姐有兴趣的话，不妨去鄙公司一试。"男子向李静说。

"做为出纳员，首要的是面对金钱的态度。别的不论，最后这个考核，您却过了关。"

没想到那男子竟是公司的副总裁，更没想到的是李静居然通过了其他的考试。她成为出纳员后，有一天闲谈，为柳小辉惋惜：“她只差那么一丁点儿。如果她再冷静一点儿……"

"应当祝贺她。"副总裁说，"要是她真当上出纳员，那才是柳小姐真正的悲剧。"

知错不改

胡明宝

我弟弟从小就犟，父亲说他是不撞南墙不回头的主儿。

这在他17岁那年表现得尤为突出。那时，为了考上中专，让自己变成"公家人"，他已经在一所初中连续复读了两年，整天废寝忘食、点灯熬油地苦读，始终换不来一张梦想的录取通知书。父亲无奈地说，何必非要读中专呢，庄户地里饿不死人……弟弟不听。母亲心疼地说，也许读书这条路不适合你，别勉强自己……弟弟充耳不闻。叔叔好言相劝说，我给你在厂里找个活，学门技术养家糊口还不一样？弟弟翻翻白眼。连白发苍苍的奶奶也看不下去了，她苦口婆心地说，好孙子，听话，别执迷不悟，瞎熬时光了……弟弟抱着书本躲得远远的。

那时，我们都认为弟弟的选择是错误的，他笨头笨脑，而且有"开倒车"的苗头，何必非要挤这"独木桥"呢？可弟弟是铁了心了，他非要一条道走到黑，他坚持说，我知道也许我的选择是错误的，但我已有了很扎实的"知识功底"，为什么不能再拼一拼呢？

对于弟弟的知错不改，一家人既生气又无奈，就由他去复读了。没想到，在复读的第三个年头上，他终于如愿以偿地考上了中专，而且在我们那个小县成绩相当突出。

二十多年后的今天，弟弟成了市里一家大企业的总工程师，带着一个科研团队，搞科研公关，搞新技术新产品研发，取得了好几项国家专利，为企业争光又赢利。问起他成功的原因，他说，我还是当年那个犟脾气，找准方向的事就要有知错不改的精神，不管别人怎么议论批评和嘲笑，都要坚定不移走下去……

知错不改，一听挺吓人的，这人是不是脑子有问题，要么就是品质有毛病，要么就是不思进取、自暴自弃的主儿，总之，谁都不会往好处想。可能都是因为"知错就改，善莫大焉"那句老话吧。

其实，认真想想，弟弟的话也有道理。世上没有绝对的东西，在成长和奉献的路上，那些别人所谓的"错"不一定就是真的"错"，只要你认为有价值、是积极的正义的，就没必要在别人的指责嘲笑中"知错就改"，而是要保持自己的激情和创造的活力，"知错不改"地持续下去……

2012年，英国人约翰·格登因细胞研究获得诺贝尔医学奖。他的中学老师曾宣称，如果格登在大学选择自然科学专业，将"完全是一种浪费时间的做法"。老师认为他选择自然科学作为研究方向，这条路是行不通的，是错误的，但格登"知错不改"地走下去，最终成功了。而且正是他关于细胞的特化机能可以逆转的观点，最终直接引领英国胚胎学家伊恩·威尔穆特成功培育出世界上第一只克隆羊"多莉"。

很多时候，正是知错不改，让人一步步走向成功。

每个人都有自己的"十里路"

江 南

考下驾照后，正式上路前，我找了私人陪练。谁知，冲突来了。

前后两个教练。第一个王教练，寡言少语，只在需要提示我操作的时候才开口，或者在我操作失误时替我踩刹车，偶尔在我转弯操作不当时替我把控方向盘，平时极少说话。开始时我很怀疑他的教练能力：如此教练，何时才能放单飞呢？

当我练完一个车程，再约王教练时总是时间不宜，于是换作李教练。不料，正相反，这是一个话痨，副驾驶上的他，一路喋喋不休，大多是"车外话"，从国际形势、股市再到菜市场大嫂，无所不及，似乎他不说话就难以挨过两分钟。具体到开车，每一个细节他都提示到。我暗暗赞叹：循循善诱，这才像教练嘛！

然而，我很快极为不适：在我练车的两个小时内，他几乎在所有路段都用左手死死把住方向盘，经常在转弯最需要我自己揣摩方向盘的"度"时，他却全权代劳。以致一堂课下来，我根本找不到自己的驾驶感觉。当然他一开始就提示我：职业病使然，担心我的安全。

可我并不想"领情"。于是在第一次练车结束，我提出质疑并直言：下次，请让我自己操作方向盘。

难道不是吗？放开，这是一个人成长和独立的必需。

练车的那些天我正读一本宗教小书，讲到一个有趣的故事。一只天蛾的茧，差不多藏了一年。它结构特异，一头是一条细管，另一头是一个球形囊，很像试验室中的细颈瓶。当蛾出茧的时候，必须从球形囊那里爬过那条极细的管儿，然后才能脱身、飞翔……据生物学理论，蛾在作蛹的时候，翅膀萎缩不发达，脱茧时必须经过一番挣扎，身体中的钙质才能流到翅脉中去，两翅才能有力地飞翔空中。

谁知，蛾的主人看到蛾的痛苦挣扎，顿生悲悯之心：蛾如此肥大，如何从那条细小的管儿爬出来？终于有一天，主人看见那久囚的茧儿开始活动了。整个早晨，他耐心守在它旁边，看它在里面努力、奋斗、挣扎，可是却不能前进丝毫。"啊，它似乎再也没有可能出来了！"主人最后的忍耐破产了。他想，人比造物者更智慧，更慈爱，何不帮它一把！他用小剪刀把茧上的丝剪薄了些，并不断为自己的仁慈得意着。果然，蛾儿很容易爬了出来，而主人却惊呆了，他看到一个身体格外臃肿、翅膀异常萎缩的蛾儿！他守在它旁边，等着它徐徐地伸展翅膀，显露它细巧精致的彩纹，却大失所望……

最终，主人虚伪的温柔竟酿大祸，可怜的蛾儿，非但不能扑着它带虹的翅翼飞翔空中，竟很痛苦地爬了一会儿，不寿而终了。

"啊，是我的智慧和慈爱害了它！"主人懊恼不已，

《圣经》里还有一段耶稣"平静风浪"的故事。门徒们毫无预兆地遇到了风浪，作为惯于水中搏击的渔民，他们却不能掌控自己的船。但耶稣并没有立即赶来施救，而是让门徒们摇橹行驶十多里之后才赶来。耶稣认为这"十里"的风雨搏击极为必要，正如那个细管儿之于幼蛾。

是的，没人能逃脱人生的"十里路"。耶稣不会在你没有启程时就帮你掌舵，你必须靠自己的智慧和能力完成属于自己的那一段拼搏。船的生命和活力，不是在安全的陆地上，而是在危险的水中。船回避风险最好，最安全的办法就是离开水，但船一旦离开水，船也就死去，立即失去价值。命运之神正是如此。不恰当的爱，恰恰是一种灾难。苦难有时是成长的必需，也是生命的钙片。在"十里路"中熟悉水性，锻炼才干，提高搏风击浪的能力，这样，后面的里程你就会信心倍增——人生的风浪，自有其意。

许多时候，我们看见人们在忧愁、困苦、艰难中挣扎，我们觉得很是可怜，恨不得立即施救……可是，我们怎么知道，这些挣扎和呻吟，不是他们成长的必需呢！

有些弯路你必须走

朱永波

16岁的他年少轻狂,目空一切,常在学校惹是生非,父亲为此没少批评他。为了让他彻底和那些小混混断绝联系,父亲连给他换了三个学校,但这些都无济于事。

有一天,父亲从一个在货轮上做水手的朋友口中得知,朋友将从墨西哥启航,横穿大西洋,前往欧洲和非洲。父亲便请求水手带上他不争气的儿子去闯世界,改改劣性。

起初,叛逆的他并不服从父亲的安排,他舍不得他的狐朋狗友。父亲劝道,我不要求你能学会什么,或者挣多少钱回来,你花两年时间去外面看看这个世界就好,就当去闲逛。在父亲苦口婆心地劝说下,遥远的地方勾起了他探索的欲望,他最终搭乘父亲朋友的货轮离开了家乡。

在横渡大西洋的时候,浩瀚的大海和星罗棋布美得让人窒息的小岛,让他对自然充满了迷恋。在遭遇暴风雨时,水手和巨浪抗争的画面,让他对生命的渺小有了切身的感悟。到了欧洲和非洲,上层社会奢靡浮华,下层社会贫穷苦难的社会现象,让他对底层民众产生了难以割舍地悲悯之心,对人生有了新的思考。经过两年的游历,他的眼界开阔了,也懂得了父亲的良苦用心。他为自己当年没能理解父亲，无所事事白白浪费了两年时间去清醒而悔恨不已。

回到墨西哥，他已经18岁了。他像换了一个人似的，一踩上美洲大陆便立即投入到繁重的课业学习之中。不久，他顺利进入伊比利亚美洲大学，主修通信专业。在大学，他学习非常刻苦，一心想用他的刻苦来弥补那浪费掉的十六、十七岁。

然而令他没想到的是，很多年后，当他从电台DJ转型要做导演时，那"浪费"掉的两年居然帮了他大忙。由于两年游历世界各地的经历，他的电影创作在画面上充满了世界主义式的大气和对自然的敬畏色彩，内容上把视角一直都放在感受人类苦难和折磨上。例如《通天塔》一片，故事发生在4个国家、3个大陆，画面极其优美，内容却细腻而富有情感；《荒野猎人》采用国家地理频道的标准和方法，完全用自然光拍摄，看上去是一部冒险片，却又极富精神内涵。

他的与众不同使他从高手如云的好莱坞导演中脱颖而出，连续获得2015年和2016年两届奥斯卡金像奖最佳导演奖。他就是奥斯卡影帝制造者，亚利桑德罗·冈萨雷斯·伊纳里多。

有人曾问冈萨雷斯为何能拍出与众不同的电影，冈萨雷斯不无感慨地说，如果没有那"浪费掉"的十六、十七岁和那些年的漂泊生活给我的特殊感悟，或许人们会看到另外一个冈萨雷斯。

其实，人生的所有经历都是财富，那些最初所走的弯路看似无用，却可能是你最终磅礴入海的原动力。

失败教会我的事

[美] 道恩·波特 著
孙开元 编译

　　生活中有些事是你左右不了的，比如，潮湿的空气会影响你的发型。但是你的成功、你的生活方向，这些事你能左右，无论其中会遇到什么样的困难。

　　我之所以能懂得这一点，是因为几年前我觉得自己的事业已经结束，我觉得自己成了可怜虫。

　　我是在格恩西岛长大的，那里风景如画，只是不大受关注。我从小就有登上舞台表演的愿望，为了实现这一梦想，我就得离开这座小岛。所以刚上完大学，我就去全英国的戏剧学校进行面试，最后进了利物浦艺术表演学院。我在那里学了三年表演，后来就厌倦了。表演没有如同想象的那样给我带来快乐，但是我想有所成就的欲望还和当初一样强烈。

　　所以，我放弃了幼稚的冲动，思考着自己真正想要做的事情。我想获得成功，我想抒发自己的心声，是我自己写下的心声，而不是别人为我写的。我需要创作。于是，我有时间的时候就构思书稿、写博客，白天作为实习者参与电视制片。干活中的努力和热情让我受到了重视，于是给了我在电视台的第一份工作———位和我合作的制片人说他正在筹拍一部电视喜剧，缺少一个"勇敢的人"，认为我是最佳人选。

拍摄完成后，我腾出时间写出了第一本书《网迷日记》，并且在BBC电视台录制了一部纪录片《黎明……》，我终于能以自己的想法自由发挥了。在录制节目过程中，我体会到了"制作"的快乐。接下来，我接到了美国好莱坞打来的一个电话。一位好莱坞制片人挺喜欢我拍的纪录片，想让我去拉斯维加斯拍摄一部电视系列剧。两个星期后，我搬到了美国。我们拍摄完了那部系列剧，反响还不错，不过拍完之后我就没了去处，那感觉就像是刚才还坐在桌子旁，人家突然拿走了桌布，然后被人扫地出门。制片曾经说让我接着拍第二部系列剧，但是他的承诺成了泡影，显然，我刚刚在电视上竖起的"牌子"转眼消失了，而我都不知道为何会发生这样的事。

就这样，我一下就成了无业游民，手里拿着一张签证，在异国他乡干什么都受限制，英国也很快忘了我的名字。这时候我遇到了现在的丈夫，他给我付房租，但那时事业对我来说仍然是第一位的，找到了"靠山"一点儿也没让我感到快乐。我渴望获得自我价值感，我渴望获得自信。

我情绪低落，不敢再想创作，为了挣钱不得不干起了自己不喜欢的工作，比如推销婴儿尿布、推销土豆。这些工作确实让我在经济上恢复了一些元气，但都不是我的兴趣所在，我仍然没能获得自信。

和一位医生咨询了几次后，我的热情又来了，他对我说："你以前成功地创作过，为什么现在就认为自己不行了呢？"他的话成了我人生的转折点，我明白了，我并没有失去自己的才华，只是失去了勇气。医生的点拨给了我从头再来的决心，我重新拾起了创作，我写了一篇关于怎样构思小说的心得，然后又写了一些题材更丰富的文章，投给了英国一些杂志和报纸。没过多久，我有了两本书的签约合同，并且成为了英国《魅力》杂志每月一次的专栏作家，电视台也再次来找我合作。

现在回想起来，其实我的经历很简单：我在好莱坞遭到了一次拒绝，我把它看得太沉重了。在生活这座舞台上，我挨了两拳，然后就在地上打了几年的滚，爬不起来。我放弃了尝试，指望着好运气来找上门来，而不是主动抓住机会。我在受到挫折后自甘平庸，忘记了告诉自己："我有能力做任何事。"

我讲出自己的故事，就是要告诉年轻人：你能掌握你的成功。当我说我要"干一番事业"时，时常会遭到别人的冷嘲热讽。现在，我正成功地进行写作和电视制片，住在了美国拉斯维加斯，而且有自己的时尚连锁店。失败后的成功让我懂得，一个人不必把自己最初的一点理想永远看作是最高目标，更重要的是，不要让别人的看法来左右你的行动。当别人把你击倒在地时，你要能自己站起来，继续前行。你不应该如同是折了一条腿似的在地上一躺就是三年。如果你不敢向前迈一步，你所能做的就会和我当年一样，只有推销婴儿尿布和土豆。

青春的脊柱

水云媒

那孩子——此刻，我不惮唤他"孩子"。

去年，我带团队在西安实习，遇到了"那孩子"，他是某大型集团总裁助理。

27岁，清瘦、文弱、苍白，眼神悠悠淡淡，声音细细微微，神情羞羞涩涩，一招一式，生怕惊动了什么。就连胡须，也比他身边那些"资深"少了些沧桑与坚硬。扎在叔叔阿姨辈的人堆里，特别是在那群德高望重的行业"老前辈"面前，"乳臭未干"这个词，像是为他定制。

周一例会，我们的团队一律坐到后排，观摩并等待集团为我们举行的欢迎仪式。"那孩子"与那群久经沙场的"老前辈"一起围坐，研讨上周工作，总结一周得失，言谈举止间，仍是静悄悄的青涩模样。

如果不是仪式后他坐到后排时那个腰板笔直的姿势，我至多仅记住这样一个安静谦恭的背影。例会结束，欢迎会开始，集团各中层与先前坐于后排的实习团队易位。实习团队围坐到会议桌前，"那孩子"等集团高层则退居会议桌后面。

前一分钟，他们还在汇报上周各自分管的工作，谁都明白，那一次的周例会大有不同，后面坐着我们这些"外人"，他们虽非首次"登台"，可是有"观众"在场毕竟有别于平时的"例行公事"，每人都极为"重视"，一板一眼，一本正经，生怕在"外人"面前出错。此刻坐到了后面，可以稍事放松，只需用耳朵听前方的欢迎词和答谢词，允许紧绷绷的状态分神懈怠，比如让身体倚在靠背上，让呼吸均匀起来……总之，不必继续"正襟危坐"。

就在这时，在一片静悄悄的松懈中，我看到"那孩子"国旗班士兵一样挺直的身姿。

能够让我牢记并心有所感，是因为这个姿势的唯一和抢眼。

起初还以为他有过军旅经历，他的坐姿真的很"军人"。曾见过部队官兵们持帽端坐，那神情令人不由自主地心生庄严与敬畏。此刻的他，双腿笔直并拢，笔记本平摊其上，目光平视，而腰板和脊柱，就那么直直地挺立，自始至终，纹丝不动。

这个姿势，将我狠狠地"蜇"了一下，随手用镜头记下那个瞬间。在我心中，如此一坐，"泄露"了自励与自持，功力与涵养，为一个初涉职场男孩的一生提供了一套绅士密码。这个姿势还所涉极多：谦恭，兢慎，敬畏，砥砺，坚韧，卧薪尝胆。还有，那些表象背后不易为人知的世事萦回、心灵熬炼，还有，还有，那些看得见和看不见的成长与未来。

这样的坐姿，看起来缺少那么一点倜傥，洒脱，十足的青涩，懵懂。可是谁又敢说，自己的成长曾有青涩缺席？只有青涩时期才不为世俗所囿滞，仍能秉持梦想的鲜纯与清俊。这样的财富，只能属于青春。他就是以这个姿势迎向未来，挺拔的身姿中，一种令人心动的蓄势待发。

成熟哪有不经青涩的，青涩是成长的必经。一个人跨越了青涩直抵成熟或许被人刮目，却总有一种生命的缺憾。甚而，那些不为人知的磨砺与涅槃，都是对青涩的交待，对未来的准备。

留意过飞机准备起飞时的仰角吗？正因为这样的"眼镜蛇"动作，更高更远的天空，才肯接纳恣意的翱翔。

硬冰上开牡丹

西 风

刚买了几本书，陈丹青的《退步集》《多余的素材》，木心的《哥伦比亚的倒影》，还有一本《甜蜜的记忆》，上面全是老年古代的糕点图片，古色古香。这样的书得趁好光阴时，身心放松，细读细品，慢慢受用。

但是我总是琐事缠身，每天朝九晚五地上班，柴米油盐地忙碌，今天又几乎开了一天的会，莫名有些无奈。

有时，我感觉自己一出生就被装上一列火车，和一大堆面目类似的豆子一起被轰轰隆隆运向远方。既没有勇气蹦出车外，独曝荒郊，也没有勇气缩守一隅，与世隔离，说不尽的尴尬滋味。孙犁先生说过"文人宜散不宜聚"，所以他不参加文代会、作协代表大会、理事会之类的各种文人会，于联谊会、笔会、座谈会之类更是退避三舍，独自在幽静的书屋笔耕不辍；杨绛先生更是独绝，人民文学出版社有意请她出席她新出版的文集的作品研讨会，被她谢绝："我只是一滴清水，不是肥皂水，不能吹泡泡。"——钱钟书式的冷幽默。

我很羡慕，可是不敢这么干。人是社会型动物，群居共食是天意。若无强大的个人意志，绝不敢冒天下之大不韪。

可是，毕竟不是每个人的生活都要被强行设置成某种共同模式的，若是都像古希腊的斯巴达人一样，男人生来就是要当战士，女人生来就是要生孩子，那样的千人一面还有什么意思？

也许，真正理想的生活如陈嘉映教授所说："我梦想的国土不是一条跑道，所有人都向一个目标狂奔，差别只在名次有先有后。我梦想的国土是一片原野，容得下跳的、跑的、采花的、在溪边濯足的，容得下什么都不干就躺在草地上晒太阳的。"那意思也许就是，别人觥筹交错，把臂言欢的时候，也允许我举杯邀明月，对影成三人；别人豪情满怀，追赶朝阳的时候，也允许我什么都不干，躺在路边晒晒太阳，吹吹小风，看看野草闲花、鸳鸯蝴蝶。

其实没有人不允许，是我自己怕。怕被排斥，被推挤，丧失在这个正常的世界生活下去的权利—— 一种不自由的自由主义。

刚结识一家报纸的副刊编辑。这个人日常生活极不丰富多彩，除当编辑之外，只不过读读书，写写字，同事宴饮一概不参与，而且既不吃请，也不受贿，任何一篇关系稿在他这里都不得其门而入。对别人的说长道短一笑而过，从来不往心上去——想来凡是对一事痴迷的人，都会对其他事情持拒绝姿态。他们无论在外界的眼里是一个什么样的人，或者孤独，或者疏狂，但是在自己的心里已经达到一种生态平衡，所以即使敝衣袍，箪食瓢饮，仍不改其乐。

这种又臭又硬的脾气使他根本无法混迹人群，就像饭里的沙粒，总会被挑拣出来。旁人都说，太过特立独行，不合时宜。甚至有熟人说，目前社会竞争如此激烈，下岗、分流、失业大有人在。他既不请客，也不送礼，更不肯委屈自己和别人应酬周旋、搞好关系，这怎么能保住手里的饭碗呢？

但是很奇怪，别人花大钱，送大礼，钻墙觅缝想干副刊，却没机会，照样被分流走人，他一点旁门左道没走，却在副刊编辑的位置上一干十年。在他周围的环境里，能在报纸副刊一气干上十年的，他是东风独秀第一枝。看来还是应了一句俗语："打铁还得自身硬。"只要自身本事过关，再独绝都有一席之地——整个社会最根本的运行机制说到底还是看本事下菜碟，而不是看关系、看面子、看人情——既在社会上有一席之地，又能够保持心灵自身的生态平衡，未始不是一种理想的生活状态。

甘肃有一首《花儿》，歌词极美："青石头里的药水泉，担子担，桦木的勺勺舀干；你若要我俩的婚姻散，三九天，硬冰上开一朵牡丹。"显然，"硬冰上开牡丹"和"山无棱，江水为竭，冬雷震震，夏雨雪"一样，都是极端不可能的事。但是，假如做人能够一身硬骨，周身寒气，像一砣坚冰一般坚持自己，那么天长日久，未尝不能让生命在岁月里开出一朵美丽的牡丹……

生活在鲜花与掌声之外

旭　辉

又到过节，应酬宴饮，举杯频繁。这是一个无偿奉送鲜花和掌声的节日，每个人都收获了比平时多一倍的关注和称赞。所幸一年也不过数天的狂欢，不至于把人灌醉到不知东南西北，每个人都能及时醒过味来，找准自己的位置。

怕就怕一个人经年累月被鲜花与掌声包围，神智就会被这种东西催生出的热量烤坏。一直为庞秀玉可惜。当年对她火热的宣传造势到现在我还记得。她是少年神童，大师巴金写信鼓励她好好学习，很多地方请她签名售书、做演讲。在她访日期间，一位日本小朋友拉着她的衣襟说，长大后一定要来中国，向她学习读书、写作。没想到，若干年后再见到她，已经是一个让人伤心的仲永了。

都是鲜花和掌声惹的祸。怪只怪荣誉来得太快，太猛，把一个小孩子的心给"忽悠"乱了。心静不下来，学习怎么会好？一个没有足够积累的小姑娘，又有什么能力在文学之路上披荆斩棘，一路高歌向前？

这就是鲜花与掌声以外的真实生活。原来热闹而热烈的鲜花与掌声是最不负责任的。这些只不过是一场华丽而有毒的盛宴，一个飘飞着的五光十色的肥皂泡，当泡破梦醒，曲终人散，真实生活已经被破坏得千疮百孔，这个，谁来负责？

其实，根本就不必质问，也无法向任何人质问，每个人都是怀抱善意的，只是谁也没有想到，这种善意会转化成只能让一个人独自承担的苦涩命运罢了。说到底，生活只能由自己负责，而不能由献给自己鲜花和掌声的人来负责。

素有"吉他之神"美誉的英国摇滚巨星艾瑞克·克莱普顿，在90年代初凭着一曲经典作品——《泪洒天堂》，获得葛莱美奖——这是用他孩子的生命换来的荣耀。艾瑞克5岁的孩子因保姆的疏忽，不小心坠楼，年幼的生命惨遭摧折。这位受世界音乐人尊崇艳羡的"吉他之神"，拥有了全世界的掌声，却保不住他挚爱的孩子。

这就是生活的真相，再多的鲜花和掌声，也无法让一个哀痛的父亲怀抱活蹦乱跳的孩子，抵达刻骨铭心的幸福彼岸。真正的生活永远在鲜花与掌声之外，而鲜花与掌声，只不过是站在自己生活外围的一个冷漠的看客，甚至刻薄地说，鲜花与掌声，是围着餐布，抢着刀叉，准备随时把自己分而食之的。当把你吃光啃净，马上转向下一个目标，根本不管你的生活怎么被它搅扰得乱七八糟。

说到底，鲜花掌声之于生活，只不过犹如松之有风，月之有影罢了。风既非松之专有，影也不是月亮贴身的保镖。湘云说"寒塘渡鹤影"，但是在这个豁达的女子心里，渡也就渡了，不会让鹤影就此留在塘心的。就像现在，节也过了，烟花爆竹在半空炸开了，它那梅红喜庆的碎屑落了一身，也须拂之可也，并不需要把它像披红挂彩一样披在身上，琼林宴饮，跨马游街。

但是，鲜花是香的，美的，掌声是响的，亮的，赞美如美酒，如醇醪，谁不愿意痛饮求饱呢？有梦的，继续做梦吧，尽可以梦见自己站在舞台中央，强烈的聚光灯打在自己身上，鲜花如海，掌声如潮。只是莫忘给自己提醒：真正的生活永远在鲜花与掌声之外，痛痒之处，独自承当。

一棵野桃树

许冬林

在我家和我的二伯家之间垒起了一座两三米高的土篱笆墙，有一年的春天，土篱笆墙下生了一棵树苗，起初没在意，后来发现它的叶酷似桃叶，便也时常关注起它来。我猜想，这棵桃树可能是我无心种下的。我喜欢到处捡一些桃核杏核回来玩，玩过之后便随处丢撒。也许，这棵桃树就是在我随意丢撒间有了一次幸运。它幸运地在瓦砾间抓到了一捧泥土，幸运地在两堵墙之间抓住了几尺阳光，然后是空气和湿度，接着萌芽，破土而出，有了一次脱胎换骨的超然。

我想，我也是幸运的，在时光的河流上，属于我的生命流程充其量不过七八十年，一棵桃树的流程也不过十来年，而在这其间，我的生命和它的生命竟有一小截叠合，这与其说是巧合，不如说是幸运。

小桃树便在我的珍视和盼望里渐渐长高长大，五年之后的一个春天，它打了些红红小小的花苞，可是开得却很迟。当别的桃树谢尽了芳菲时，它才三三两两地次第开放，花朵很红，红艳艳的一片，红得热烈、张扬、活泼，似乎想淋漓尽致地宣泄它开放的热情和美丽，那土篱笆墙因此而多了几分热闹。奶奶来看了，然后冷冷地丢下了一句：是棵野桃树！原来野桃树的花开得红而迟，奶奶说它成不了气候，结不了什么好果子。可是，我还是不愿相信奶奶的话，因为一直以来，她就没说过什么好听的话。她总爱在父母面前唠叨，说一个丫头还读什么书，将来好了别人家，真是浪费，以至于我后来十几年的读书生涯一直怀着负罪的心理。

那棵野桃树因为在土篱笆下，没有多占一份泥土，也没有多占一份阳光，因而获得了继续生存下来的权利。那花儿确实开得好看，每片花瓣都染上一片红晕，显得更加生动、健康，我觉得那片富有活力的绯红似乎更能承载一份秋天的希望。三月过了，花儿落了，红红的花瓣随风飘扬，有的落在瓦砾上，归入泥土；有的落在屋顶的砖瓦上，高高地干枯在四月的阳光里；有的飘到小河上，随流水而去，瘦弱的树枝显得颇为忧伤和冷清。美丽总是就那么一刹那，总是太短太短，就像乡下的新娘——童年的乡下最热闹的事就是看新娘，我那时以为女人做了新娘就永远是新娘，就会永远那么干净而美丽，天天坐在房间里，只是偶尔出来羞涩地笑笑，那只是对着我们这些孩子。可是只是三天，这些新娘便扛锄拿锹地下了地，一年后便是手里捧着饭碗怀里搂着孩子，门口晾了花花绿绿的一大片尿布，走起路来快了，说起话来嗓门大了，脸色黄了，皮肤皱了。乡下的姑娘就像桃花，出嫁的那天开得最美最艳，然后一夜风雨，便凋谢了。

当别的桃儿已经长得肚大腰圆，满脸涨红时，野桃树的桃儿还是那么小小的、青青的，躲在枝叶丛里，它的生长似乎比别的果实总要慢一拍子。中秋过后，田里的稻子已收割回仓，家里的人闲闲地坐在门口，我看见野桃树上的桃儿都已经泛起了红晕，很多已经长得开裂。我摘了一个轻轻一掰，开了，里面是鲜红的瓤，原来野桃是从里往外红的，它成熟得那么谨慎而谦虚。我尝了尝，绵绵的、软软的、香香的、甜甜的，我又摘了几个捧到奶奶面前，奶奶尝了尝，咂了咂嘴说，苦中还有点甜柔，就是太小了点。可是我已经很高兴了，我的野桃树它终于捧出了自己的果实！

现在，奶奶早已去世，我的父母已经老了，他们喜欢常常站在门口，看我回去。在乡下，他们常常引我为自豪，引我为欣慰。他们觉得，在书声朗朗的校园，在抑扬顿挫的讲课声里，有他们女儿的一个声音；在报刊的大大小小的豆腐块里，偶尔有他们的女儿的一个名字；在读书不多的祖祖辈辈里，有我这么一个子孙，用墨香巧扮自己。

可是，我心里很清楚，我就是那棵野桃树啊，艰难地抓住了一捧土壤，固执地想结些果子。我不愿我的生命里只有三月，只有那短暂的绚烂。而我那些儿时女伴，她们也都和我一样，早已出嫁。她们依然如从前的新娘，走路快了，嗓门大了，脸色黄了。我不知道，当她们在门前门后种桃插柳时，是否想起，这样的风景已是一年又一年，一代又一代了。我愿她们的女儿做一棵真正的桃树，能够理直气壮地站在土地上，站在阳光里，她们有三月的美丽，更有八月的果实。

没有经历过真正的孤独的人，不足以妄议红尘

凉月满天

五年前，我想的是：哎呀，我是一个孤独的人。

秋天里落叶翻飞，我想一个人独步小径，听着落叶沙沙地响。耳边有零星虫鸣，不闻人声。

冬天里大雪落下，我想一个人在雪地里盘膝而坐，冻得红通通的手掌摁在松软的雪地上，留下一个掌纹清晰的手印。

看画片，外国的老人安静地坐在长椅上，留给喧闹的世界一个背影，特别向往。于是特别看不上中国老人唱歌跳舞。

年少读书，将到过年的时节，校门外有卖明信片，兜里没钱，一次两次、十次八次地到人家的摊子跟前，看进去拔不出来地看：一组明信片，深幽幽的蓝水上漂着弯着长颈的天鹅，别的画片上都是两只三只地攒聚着，只有一张上，一只天鹅就那么自己幽幽地漂着。水好蓝啊，它身上的毛好白。只有它自己和它的倒影做伴，孤单单，真好。身边拥挤，人们叽叽喳喳，我是一只独自漂在幽深的蓝水上的丑小鸭。

所以，我觉得我是不害怕孤独的，我很欢迎它。

所以，有些人的行为，我就不是很理解。你说周国平，他钟爱的小女儿妞妞死了，他和妞妞的妈妈离了婚。那么，

他本来就是一个哲人啊，为什么他又要再婚呢？哲人不都是爱孤独的吗？难道他一个人生活不好吗？而他再婚，给出的理由好像是：人是需要和人做伴过凡俗日子的。

听上去太软弱，也太苟且了。

报上的新闻：几个留守的小孩子，一日竟然相约齐齐自杀，因为不能见到爸爸妈妈。

还有一个老人，既孤且寡，一定要认一个女儿，为的是病的时候，有人给送一碗热水喝，亲亲地叫声"妈"。她又不是不能动，且无大病大痛，为什么要跟陌生人发生这样的牵连，一个人不好吗？日子不能过吗？

据说，哲学书上对人的定义是"人是一切社会关系的总和"。五年前我是不认同的。人是应该向内求的，不应该一味追求与社会关系的联结，这太不高尚了。"千峰顶上一间屋，老僧半间云半间"，这样的生活才安宁和美好。高僧非得说这样的空是枯木顽空，非得让和尚入廛垂手，深步红尘，说这样更好。这哪里能更好，红尘那么乱，到处闹哄哄。

所以，给我一间屋，让我远红尘，我可以一辈子不下山。你们不行，我一定行。

但是，事实上，我发现我不行，真的不行。基本上没有人行，佛陀也不行——他是在菩提树下修行，但是，他也有随侍的人。那些人钟爱他，信任他，尊奉他，他说出的话有人听，讲出的道理有人信。事实上，他是最不孤独的一个人。

静默不假，但它不等于孤独啊。

前几日偷闲，回老家小住。一个人，街也不逛，超市也不去，饿了叫外卖，躺在床上看电影。《禁闭岛》《恐怖游轮》《致命ID》《V字仇杀队》《冰河世纪5》凡此种种……恐怖的时候尖叫起来要多惊声有多惊声，紧张起来攥着拳头瞎紧张，烧起脑来脑筋像螺丝一样拼命地拧啊拧，开心起来傻笑得要多大声有多大声。

对了，还看了那个《海边的曼彻斯特》，唉，多么丧的一个人，过的多么丧的人生。

他也曾经开心地逗着小侄儿玩儿，曾经蠢萌地跟老婆撒娇，逗弄自己的三个宝宝，连睡着的小婴儿都不放过，轻轻拎起，再轻轻放下。幸福的生活直到被一场壁炉里烧起来的大火中断，大火断送了他三个孩子的性命，从此，他成了一个丧的人。

他和妻子离了婚，搬离家乡，在别处给人修修水管，通通马桶，铲铲坚硬的雪块，闲来无事，在哄闹的小酒馆里喝一杯啤酒，看有人看着他，就疑心人家对他指指点点，过去找碴儿冷不丁揍人家一拳，打一架。然后，继续木着脸，过他的丧人生。

但是，丧人生也是人生，所以他不得不打起精神处理哥哥的丧事，打起精神做十七岁的侄子的监护人，打起精神处理一切生之琐碎。他的已经再婚的前妻又有了小宝贝，和他路边偶遇，他插着兜，塌着肩，听着前妻的哭诉道歉，说："对不起，说过那么多伤害你的话，对不起，我对你还有感情。"他全程木着脸，最后结巴地说："对对对不起，我还有事我要先走了……"

他没有崩溃。

他已经崩溃过了。

警察局录完口供，得知他是为了给三个孩子取暖生起壁炉里的火，忘了上挡板，出来买啤酒，结果燃着的柴滚落地板上，引发大火，烧死孩子们，于是放他离开。他趁人不备，拔了警察腰上的枪抵在太阳穴上。一群人蜂拥而上，他没有死成。

但是他已经死了。

表面上，他还在和别的人发生着联系，他还是哥哥的弟弟，父亲的儿子，侄子的叔叔，前妻的前夫，修水管的水管工，雇主的雇工，但是，所有这些社会关系的总和，构不成他这个人。他不再是一个丈夫、一个父亲，至亲至密的关系解了体，他成了孤零零吐不了丝的蜘蛛。

所以，天底下，那些失独的父母怎么过？挣的钱，给谁花呢？买了房，让谁住呢？得了病，谁来管呢？自己死了，这些房子、车子、票子、照片、旧物、记忆，由谁继承？平时回到家里，谁来叫自己爸爸妈妈？没有后人了，好比一脚踩空，摔是摔个粉碎，收拾收拾又能成个人，这个人也能说话，也能喘气儿，也能喝水，也能和人说说笑笑，也能做自己的案头工作，但是，回到家里，他们相对而坐的时候，其实已经死了。因为没有希望了。

没了希望的日子还叫日子，可是没了希望的生活，还能叫生活吗？

而那些留守的孩子们，也许病了有爷爷管，饿了有奶奶做饭，可是，爸爸不要我了，妈妈也不稀罕我，所以他们不回来看我。为什么他们不回来看我？他们来了又走了，走了不知道什么时候再来，等待好漫长。一定是我不好，但是我再不好，我也不想没有爸爸妈妈，我不想一个人。

这就是答案。

孤独是什么？孤独是不爱和不被爱、不安全的感觉，孤独是无所归属。

第五个年头上，我从曾经的亲密关系中，还原成了一个人。母亲陪着我，父亲也在，孩子也在，但是没用。孤悬天地间，心又空又冷。那天，父母都回去了，孩子也远行，想吃饺子，但是既懒得出门，在家又没有人和我包，那一刻，不知不觉就哭起来了。整整四个小时，家里门窗紧闭，窗帘拉得严严密密，四面墙壁回荡着我的哭声。

所以，当《海边的曼彻斯特》的结尾，看他给侄子找到一个愿意领养他的好人家，然后自己又重新回到独自生活的轨道，不知不觉的，眼泪又下来了。这个人始终没办法开始一种热火朝天的、最起码可以和人依偎取暖的人生。多么丧，多么孤独。

无所依凭的寒凉，大过恐怖的世界末日来临。它是离断，断到最后，没有人认识你，没有人在乎你，你没有办法借助任何关系界定你是谁。人们看得见你的肉体，没有你关心的人关心你的灵魂。你是活的鬼魂。

所以，我理解了周国平的第二次婚姻。是的，你可以保有适当的孤独，但是，始终需要建立一种亲密关系来做依凭。

人不是所有社会关系的总和，人是所有关系的总和，不光是和人，和物，也和自己，和自己的心。

为什么能偷闲闷在屋子里看电影？因为我也重新开始了第二段"人"生。在热闹甚至是烦恼的人生里，才有资格偷出一段孤独的光阴。否则在大片的孤独中，作为一个鬼魂，大概只能像蒙克那样变形地呐喊，却不被听见。

所以，虽然都说世间熙熙攘攘，不是好的道场，可是，我对于红尘的恶感仍旧渐渐消退。是的，我开始爱它的热火朝天，爱它的熙熙攘攘，爱它的俗不可耐，爱它的烟火飞扬。经历过孤独，不敢再奢谈孤独；就像没有经历过真正的孤独的人，也不足以妄议红尘。

成功是有能力拥抱不完美

凉月满天

　　弗里达·卡罗，生于1907年，墨西哥女画家，画的最多的是她的自画像。说实话，透过自画像看出去，她长得可实在不怎么好看。尤其是左右两道长长的连心眉，又粗又硬。嘴唇上其实很明显，好像是长有小胡子——体毛太重。

　　不过她本人的照片倒是蛮好看，自己画出来就那么难看，只能说明一点：她不自恋。不自恋的人是奇葩。

　　她本人的经历也倒霉到很奇葩。六岁得了小儿麻痹，右腿萎缩弯曲，小小年纪，生了残疾。十八岁和男朋友遭遇车祸，脊椎断裂，身体多处骨折，右腿十一处碎裂。一根钢筋贯穿腹部，伤了子宫，破了骨盆。她整个人靠钢钉密密麻麻地固定起来。

　　医生说她这辈子不能再走路了，她的男友也抛弃了她。

　　躺在病床上，闲极无聊，照着镜子画自己。她说："我画自己，因为我经常是孤独的。我画自己，因为我最了解自己。"就是的，她怎么出去见识大千世界？每个人都是一个深渊，别人不了解，自己能了解，那么好吧，就画自己吧。

　　画着画着，她居然能走路了。

/201

而且她还嫁了人，丈夫迭戈·里韦拉是著名的墨西哥壁画师——一个花心的艺术家。她做了他第三任太太。丈夫高大魁梧，她瘦弱矮小，被朋友戏称为"大象和鸽子"。

　　大象爱偷腥，对于他来说，上床如同握手一样随便。弗里达怀孕了，却流了产。鸽子想用孩子拴住大象的心的梦也破灭了。要命的是，妹妹来照顾自己，竟然也被丈夫拉上床。她画了一幅画《少少掐个几小下》，题目起得轻，画风却很血腥，女人赤身躺在白床单上，浑身血迹斑斑，男人站在床边，手里握着匕首，身上也血迹斑斑。这画什么意思，还用说吗？

　　1940年，鸽子和大象离婚。

　　1953年，因为肌肉坏疽，弗里达的右腿被截肢。

　　1954年，重新做回朋友的大象帮她在墨西哥办个人画展，那天，她让人用一张大床把重病的自己抬进展厅，浓妆艳抹，唱歌喝酒，好高兴。

　　几个月后，她死了。终年47岁。

　　她的47年里，除了生命的前六年之外，有一天是不拐、不疼的吗？长大成人后，有一天是不心伤的吗？她用特地加了高跟的右脚的鞋来和左脚的鞋取齐，达到一种自己不残疾的目标；她把截肢后使用的假肢绑上红丝带，让它看上去漂亮点。她一共做过大小三十多次手术，她的身体支离破碎。她说："但愿离去是幸，但愿永不归来。"

　　但是这眼前的一辈子，她还是不抛弃也不放弃，把生命这朵花开得既浓艳又热烈。

　　有一种鱼叫杜兹肺鱼，生活在干旱缺水的非洲。有水的时候身体能存水，没有水的时候就迅速休眠保存水分，等待下一次的雨季。一条杜兹肺鱼被一个口渴的农民从泥里挖出来，猛挤一顿，把它储存的水挤到自己嘴里，然后把它随后一扔。它拼命地蹦回淤泥里，才捡回一条命，却又被手一个要盖房的农民连同淤泥一同挖出来，打成泥坯，晒干垒墙——它被砌进墙里啦。

它只好迅速休眠。半年后，雨季来临，泥坯被打湿，水汽渗进来。它很快醒过来，拼命吸呀吸，把那一点点的水汽吸进肺囊里。

很快，雨季过去，它继续休眠。

第二年，泥坯有些松动起来，它开始在泥坯里折腾，这么磨磨，那么蹭蹭。第三年，它甚至能在这块泥坯里打打滚，翻翻身。

但是仍旧出不去。

第四年，暴雨骤至，冲垮坯墙，它破土而出，游进河流。它活了。

多么了不起。命运一点都不恩待它，但是它也不放弃。

你说什么是成功？成功就一定是鲜衣怒马，一定是一帆风顺，一定是万里晴空？能在艰难岁月里多活一天也是成功，能在苦痛伤心里多活一天也是成功，能在艰难岁月和苦痛伤心里直面自己，看见自己，表达自己，是大大的成功。生活永远不完美，我们赤手空拳，心有不甘，有的人穷尽一生都在依附和抱怨，有的人却锻炼出超人一样的能力和毅力，去拥抱不完美，这应该算是成功中很大的一种。

格桑花记得你的歌

崔修建

那是风景最宜人的八月，刚从音乐学院毕业的当了教师的我，驾车去了神往已久的呼伦贝尔大草原。举目望去，澄净无比的蓝天上飘着朵朵洁白如絮的云，浩瀚无边的碧绿草海上，闪着银光的湖水如飘舞的哈达，移动的羊群星星一样点缀其间。那份天生的辽阔与安详，令我情不自禁地哼唱起了《美丽的草原》。

正沉浸于眼前的美景之中，忽然，有优美、动听的歌声传入了耳畔。回转身来，我看到一个细瘦的蒙古族小姑娘，赶着一群羊，手里拿着一束鲜艳的格桑花，扑闪着一双亮眼睛，正旁若无人地纵情放歌。

"真好听！你真是天生的草原歌手，跟谁学的？"我惊讶她的嗓音那么好。

"跟妈妈学的，她还会唱长调呢，我姐姐唱得比我还好呢。"她眼睛一亮，旋即暗淡下去。

"是吗？你能带我去见见你妈妈吗？我想向她请教一下。"我特别喜欢蒙古长调，没想到竟会在这里与草原上的高人不期而遇。

"我的妈妈去年死了。"忧伤无遮拦地浮现在她的脸上。

"哦，对不起，我触动你的伤心地了。"我为自己的冒失而心生愧意。

"你刚才唱的歌很好听啊，能教我吗？"她转了一个话题。

"当然可以，但你要把自己会唱的歌教给我。"我提议。

于是，跟着缓缓向前移动的羊群，两个人你一首我一首地唱了起来。坦率地说，她唱的歌都很美，她天赋的音乐素质是十分难得的。交流中，我了解到，她叫阿丽娅，只读过四年的书。她不会乐谱，也没有接触过任何乐器，但别人唱的歌只要听上两遍，基本上就能学唱出来。

"如果你能够到正规的音乐学校学习一下，你会成为一个优秀的歌手。"我不禁为她埋没于茫茫草原，不为人知而惋惜起来。

"那是不能想的事情，父亲瘫了，家里欠下几万块钱的债，去年冬天那场大雪又冻死了30多只羊……"阿丽娅不无伤感地连连摇头。

"哦，真是不幸！"我一时也不知道该怎样帮助她。

"能唱歌，我就很知足了，别的不是我敢想的。"困窘的生活已让阿丽娅不愿在心里生长更多的希望。

"还是应该努力的，你还这么小。"我真的不愿意一眼就看到这个16岁的小姑娘的未来。

"再努力，恐怕还是要走姐姐的路，只希望晚两年出嫁。"阿丽娅的姐姐嫁给了一个牧民,20岁的她已是三个孩子的母亲，劳碌让她一下子苍老了足有十岁，一副好嗓子再也唱不出动听的歌了。

"你不会的。"我赶紧安慰她，那苍白无力的话语，说得自己心里都有些难过。

"谢谢你的歌，你是一个好人！"暮色降临了，她把手里的格桑花送给了我，赶着羊群要翻过前面的高岗回到栖居的蒙古包。

"也谢谢你，阿丽娅，争取明年我还来草原，还能和你一起唱歌。"我喉间有些发哽。

"我等你！"她甜甜地笑了，夕阳在勾勒着她别样的美。

回去的路上，我的脑海里不断地晃动着阿丽娅的身影，我翻来覆去地思考着怎样帮助一下她，但始终没有找到好的办法。

回到单位后，我立刻投入到紧张的教学工作中，随即开始准备博士研究生考试，然后是边工作边攻读博士学位。整日的忙忙碌碌之余，我还要参加不少诸如当评委、搞讲座之类的社会活动。似乎很自然，我渐渐地忘却了阿丽娅，忘了我们曾经的草原之约。

一晃三年过去了，我应蒙古的一位师兄邀请，再次去呼伦贝尔大草原游览。我想起了阿丽娅，很想知道她的近况。

当我辗转了几乎整个草原之后，我才惊愕地得知：一年前，阿丽娅便已死了，因为难产。

怎么会是这样？我为做梦也不会想到的这样的结局扼腕痛惜。

阿丽娅说过自己最怕嫁人的，但还是不满十八岁就嫁人，并在她十八岁生日的前一天，痛苦地走了。

　　她的姐姐告诉我，那次相逢，阿丽娅特别高兴，因为得到了老师的肯定，她更喜欢唱歌了。她又学会了好多的歌，还等着唱给我听，等着我唱给她听呢。

　　一瓣瓣的格桑花撒落下来，我慢慢地走在广袤的草原上，唱着一支又一支深情的歌。我相信，已经和草原融为一体的阿丽娅，一定能够听得见。虽然很多人不知道阿丽娅，不知道她青春的歌声曾怎样的美丽，但格桑花一定记得。

　　也许应该相信阿丽娅的姐姐所说的："就像草原永远都会盛开美丽的格桑花，阿丽娅从来都不会停止歌唱的。她在苦涩的人间有欢快的歌唱，在天堂一定有更幸福的歌唱。"

　　给世界以歌声，无论尊贵还是卑微，无论是悲伤还是喜悦，不论是坎坷还是顺畅，心头只要有热爱的旋律，生命的内涵就会丰富许多，生命的色彩就会绚丽许多……阿丽娅，我替你说出了你歌声背后的想法，对吗？

把我的明媚送给你

崔修建

　　站在地铁站进出口通道里，他斜挎一把廉价的吉他，像立于舞台中央的歌手，声情并茂地自弹自唱，经典的、现代的、民族的、流行的，一曲接一曲，那些飘动的音符和跳荡的歌词，不断地向过往的行人传送。偶尔有人驻足，有人喊一声"好"或送上响亮的掌声，他唱得更加卖力。他身前那个纸箱里，散落着行人随手放进去的少许零钱。

　　他没上过任何艺术学校，也没有拜过任何老师，更没有专门学习过发声技巧。他是一个初中便因贫困辍学的农民，只因喜欢唱歌，他背着简单的行囊，从大西北的一个山沟里独自来到北京。像他这样"唱通道"的很多，但他很特别，瘦弱的他底气十足地一亮嗓子，整个人也立刻神采焕发，眼睛里满是激情，那忘我的陶醉，让人觉得他也是这个世界上的富豪。

　　其实，他每天的收入非常有限，刨去租住地下室和最低的生活费，他每个月只能寄给家里几百块钱。而他，似乎十分知足，一直坚持了五年，无论是汗流浃背的夏日，还是寒风刺骨的冬季，他的歌声始终飘荡在通道里。

问他为何唱歌时那么有精神？他回答：因为一进入音乐世界，眼睛和心里就多了明媚，就忘却了日子的窘迫和艰涩，只感觉生活中还有那么多的美好，像阳光一样随手就能摸到。

于是，许多人便看到了他明媚的笑容，听到了他明媚的歌声。

那是一个卖手工艺品的女孩，因患有先天小儿麻痹症，她跛脚跛得很厉害，走路都十分费劲，她的小店也没有什么奇异之处，但还是有许多人绕了远来她的小店，只因喜欢看她整天挂着笑意的面容，喜欢听她温温婉婉的话语。和她在一起，似乎那些忧愁、烦躁、焦虑等，都突然消失了影踪，只有清新和舒畅，连空气里都充溢了快乐的因子。

独自的时候，她会手捧一本喜爱的书，静静地阅读，那些美妙的句子，仿佛是神奇的魔法师，带她走进了一个又一个精彩的世界，让她兴奋地流连其间。彼时，她的身前背后，簇拥的都是眩目的美丽。

后来，她不可遏止地拿起笔来，开始书写起心中翻涌的那些奇思妙想。很快，她的那些纯净的文字走进了更多的心灵。人们在她的文章里面，读到了许多令人心暖的故事，读出了梦想、热爱、奋斗、坚韧等等，一如她阳光般的笑靥，叫熟悉的和陌生的人，都发现了生活的色彩原来如此缤纷，如此令人迷恋。

她说过，连死亡都无法阻拦那些花朵明媚地绽开，那小小的疾病又怎能挡住渴望美好的心灵。她从不以愁容示人，从不让悲苦感染他人，因为生命的每一天，都是上帝的恩赐，都是不应该辜负的。

一位作家朋友讲过一个故事：他和她刚刚新婚不久，突如其来的一场车祸，让他在重症监护室里整整躺了一个月。医生断言他即使能够活过来，恐怕也会成为一个植物人。他年轻的妻子听了，眼泪滚落如断线的珠子。然而，擦掉泪痕后，她每天都穿了漂亮的衣服，都精心地化了妆，守护在病榻前，一声声地轻唤着他，絮絮地说着他们爱情路上的种种美。

他终于睁开了眼睛，却失去了记忆，连面前娇媚的她也认不出来了。可她还是笑了，仍不时地换了漂亮的衣服，描了眉眼，涂了粉霜，虽然衣服都是仿名牌的，很便宜的，但都很新鲜。她穿了很有型，也添了不少的魅力。她用的那些化妆品，也都是廉价的，可还是为容颜增了几分美丽。最重要的是，她脸上始终洋溢的让忧伤退却的微笑，任是谁见了，都要心生敬佩。

有人问她：他已经那样了，她为何要如此用心地化妆，打扮得如此漂亮，她一语坚定地答道——我把我的明媚送给他，等他和我一起明媚我们的生活。

滚滚红尘中，有很多像她那样的平凡人物，他们面对大堆的不如意，没有抱怨，没有消沉，而是以明媚的笑容，迎接种种不幸，在艰难中唱一首欢乐的歌，在寂寞里写一篇幸福的美文，在悲苦时还不忘给世界添一份美丽……他们深知：即使命运只给了自己两块石头，也要用它擦出耀眼的火花，点亮美丽的人生。

把花吹落的不是风

崔修建

　　她是一个生得很美的女孩，学习成绩也一直优异，在老师的宠爱与同学们的羡慕中，一路轻松地拿到了清华大学的博士学位。尚未毕业，便顺利地签约一家知名的跨国公司。

　　在众人的印象中，她始终都是淑女和书女，无论与谁在一起浅谈或者深交，都不卑不亢，举手投足中流露出的那股让人敬佩的优雅，自然、清新，像一朵洗却纤尘的白莲。

　　我曾在大学的校园里，目睹过聪慧的她，似乎只是那么振臂一呼，一个濒临解散的诗社，便重新焕发出生气，成了校园众多社团中最具活力的一个。我还见过她起草的文采斐然的"自行车协会"宣言，见她骑一辆单车轻盈飘过的靓丽身影。

　　一位向她求爱遭到拒绝的师兄，曾这样不无自豪地告诉我，其实能够与她这样智慧又美丽的女孩在一起读书、参加活动，就是一件很开心的事情了，能加入追求她的行列，也是一件幸福的事情。追不到她，遗憾可能会有，但不会过于悲伤，因为她实在优秀得无可挑剔了，谁若是娶了她，都会幸福洋溢的。同样，谁若是因求之不得而说她一点点的不是，也会遭来笑话的。

我惊讶女孩在那位一向狂傲的学子心目中，竟有如此完美的印象。师兄一脸诚恳地说，她简直就是一个女神，一个十分人间烟火的女神。

而就是这样一个卓尔不凡的女孩，却像一颗流星骤然离去，而且选择了那样决绝的方式，令我愕然不已，许久都不敢相信那消息的真实性——她刚刚拿到第一个月近万元的薪水的第三天，便一身新衣地在公寓的洗手间里自缢了。

悲剧是毫无征兆地发生的，不是因为工作上出了什么问题，也不是感情上出了问题，更不是她那令人羡慕的家庭环境发生了变故。她的猝然离去，竟那样令人不可思议。一时间，各种猜测纷纷涌来。直到她父亲最要好的一位精通电脑的朋友，打开了她加密的私人空间，读到她没删掉的那些记录心灵隐秘的文字，才找到了她自杀的些许线索。

似乎应该溯源到她的少年时代，因为父母的生意在南方做得风生水起，她便成了奶奶身边的乖乖女，听话的她用每次考试第一的成绩，博得了奶奶的夸赞，赢得了父母的欢喜。他们给她买了最漂亮的衣服和最时尚的用品，家教知识少得可怜的父母，无意间，在物质生活方面竟做到了"女孩富养"。

随着年龄的渐渐增长，她一次次因学习成绩优秀、能力超强，不断地获得赞扬和褒奖，这更激发了她追求卓越人生的热忱，甚至让她产生了凡事都要做到最好的想法，稍有不足，便会暗暗自责，但她从不把这个秘密说给外人。她随和的表面下，掩盖的是一颗蓬勃得像女皇叶卡捷琳娜那样的雄心，只是谁都不曾窥见，包括她的父母。

她自杀的前一周，曾委婉地批评过男友，只因为他的一篇论文，没有发表在国家一级学术期刊上面。她的一位同事后来回忆说，那天，得知她的薪水比同时进公司的那位博士少几十块钱时，她脸上曾掠过一丝明显的沮丧。同事还曾打趣她，说像她这样典型的"富二代"，是根本不必在意薪水多少的。她立刻正言道："我必须在乎，因为那代表我的实力。"

用自己的努力，去赢得属于自己的一份骄傲，无疑是一件很正常的事情。从小就拥有优裕的物质条件的她，没有迷恋享受，而始终有奋斗的信念，更是难能可贵。只是平素活得简单的我辈，也很容易便看到了她刻意的追求中，已流露出明显的"偏执症"和"强迫症"等心理疾患。遗憾的是，这都是后来发现的，于她而言已毫无意义了。

那天，与几位朋友酒后闲聊，不知不觉地就转到了攀比心理这个话题，每个人似乎都在疲于奔命地追逐着似乎总也追不完的幸福，都产生了一种被生活强烈挤压的感受，但彼此倾诉一下，感慨一番，也就轻松了不少。当我讲起那位自杀的她的故事，几位朋友都说能够理解她心中隐秘的苦恼，但不会像她那样选择，像她固执于一个方向，不懂得在心灵里转一个弯，终有一天令心灵窒息。但是，生命是最珍贵的，一个人好好地活着，不仅是为自己负责，也是在为亲人和朋友们负责。

偶然翻阅一本关注心灵生活的杂志，读到一位心理学家的文章，惊讶地得知：在日新月异的现代社会，面对种种喧哗与骚动，面对五光十色的诱惑和无所不在的压力，每个人都难免会产生一些心理问题，它们在内心深处潜滋暗长，成为心灵中的隐秘，躲在他人甚至自己也一时难以察觉的内心暗室，严重的会慢慢地生长为一种可怕的心魔，像隐藏的炸弹，不知何时一旦被引爆，便会炸伤自己和他人。据说，在现代都市里面，有心理问题的人已经超过了20%，一些看似很成功的人，内心里其实很悲观；一些看似很幸福的人，内心里其实有着难言的落寞；一些看似拥有很多朋友的人，内心里其实很孤单……只是每个人都在忙碌着，都选择了不同的面具掩藏了心里的隐秘，更多地呈现出光鲜的一面，就像水果摊上摆在最显眼位置的，总是那些最漂亮的水果。问题的关键是，要做好心理疏导工作，不要一味地隐忍，直到脆弱的神经连一根稻草都承受不住了，让人在瞬间崩溃。

后来，那位女孩的家人从她喜欢的人物传记《我的奋斗》中发现了她的遗书，上面只有简单的一行字——"我太累了，要主动休息了。"又给那位心理学家精彩的分析，提供了一个有力的证据。

"把花吹落的，不是风，是心灵的颤动。"一位诗人如是说，我却要强调一个简单的想法——给每个心灵都留一些出口，让清爽的风自由出入，吹开禁锢的思维，展开生命色彩缤纷的走向……

每一天都要幸福地舞蹈

崔修建

　　她是那两条街道的保洁员，个子不高，也不漂亮，是一个很普通的女子。我每天晨练时，都能看见她忙碌的身影，我不知她几时开始的清扫工作，也不知道她几时结束。更多的时候，我只看到她舞动一个长把的扫帚，像舞动一支如椽大笔，从街道这端舞到那端，一丝不苟，将那些散落的废弃物聚拢起来，然后再将它们一车车地清理干净。

　　忙碌完了，她会顺着街道走一个来回，像是欣赏自己得意的作品。她的目光再次打量一番刚刚清扫过的街道，看到不知哪位刚刚扔下的一团废纸或一个烟头，她会弯腰捡起，把那微小的缺憾轻轻地弥补。

　　从春到夏，从秋到冬，她是我熟悉的最早迎接晨曦的人。她似乎对那份工作很喜欢，也很珍视，我从没看到她偷懒的时候。她那份一丝不苟的认真，给我留下了深刻的印象。我曾多次在写作课堂上讲起她，讲她大口罩遮不住的笑容，讲她从不抱怨的好脾气，讲她总是热情满怀地对待那似乎单调而乏味的工作。

　　那个夏日的夜晚，我终于完成了一项繁重的教材编写工作，难得有闲暇和情致，我决定到街上走走，看看城市的夜景。不知不觉间，一阵欢快的舞曲，将我引向那个开放的公园。柔和的月光撒在那块不大的空地上，一大群人围拢在一起正翩翩起舞。他们大多是中老年人，其中也不乏白发苍苍的老者。

我停下来，悠然地欣赏着大家轻盈的舞姿，心中感慨着生活的舒心惬意。忽然，我的心一颤——哦，她也在跳舞，每天早早起来忙碌的保洁员，换了一件红色的短衫，像一团燃烧的火焰，正伴着欢快的旋律，摇晃着柔软的身子，尽情地舞蹈着。

一曲结束，她站定，用手臂擦了擦额头的汗珠，等一支舒缓的乐曲想起时，她竟变成了领舞者，站在众人前面，引领大家做一套优美而复杂的健美操。她做得那么认真，那么投入，一扬首，一展臂，一旋转，一弯腰，每一个动作都那么轻松、自如，仿佛是一位专业的舞蹈教练。我一时不敢相信——眼前这位美丽的舞者，难道真的是我平素所见的那个挥舞扫帚清扫街道的她吗？

我又走近一些。果然是她，一点儿没错。她也发现了我，冲着我微微一笑，打了招呼。

我好奇地问一位坐在一旁歇息的老大爷，问他是否认识她，老大爷爽快地告诉我："她姓乐，常来这里跳舞的人，没有不认识她的，许多人都是跟她学会跳舞、学会做健美操的，这里的人都管她叫乐老师。"

"乐老师？她不是保洁员吗？"我不无困惑地问老大爷。

"没错，她是一个保洁员，听说工作还挺辛苦的，可她特别喜欢跳舞，几乎每天晚上，都来这里带领大家跳舞，真是活得有精神。"老大爷啧啧地赞赏着。

"其实，她也挺不容易的。"旁边的一位老大娘插话道。

"是不容易，每天都要起早扫大街，那活儿又脏又累的。"我感慨道。

"累一点儿倒没啥，你不知道，乐老师挣钱不多，还要照料一个二十多岁的痴呆儿子。"老大娘向我爆出一个令我吃惊的信息。

"她还要照料一个痴呆的儿子？"我无论如何也不能想到乐老师还那样不幸。

"没错，你往那边看，坐在那个石凳上傻呵呵地拍巴掌的那个小伙子，就是乐老师的儿子，听说是先天性的痴呆，她每天都带着他来跳舞。"顺着老大娘手指的方向，我看到了乐老师痴呆的儿子。

"我还听说，她去年做了一次大手术，割掉了一个很大的肿瘤，幸好是良性的。"老大爷又向我介绍道。

"哦，那么多的不幸都降临到她头上了，她的工作还那么辛苦，可是，她还能如此快乐地跳舞，真是令人敬佩。"我不禁对她肃然起敬。

"乐老师说过，有很多事情是她不能改变的，但她能改变看事情的心态，既然愁眉苦脸是一天，快快乐乐也是一天，那么，何必要在不幸上撒盐呢？她要每一天都幸福地舞蹈。"老大娘说出了乐老师如此达观的原因。

"每一天都要幸福地舞蹈"，望着被众人簇拥着幸福起舞的乐老师，我轻轻地重复了一遍，心灵似被什么猛地扣了一下，我突然想起了帕斯卡尔的那句名言——人是一根会思考的芦苇。没错，因为懂得从苦涩中咀嚼甘甜，懂得从艰辛中品味富足，懂得为心中憧憬的幸福起舞，平凡的乐老师，用灵动的舞姿，舞出了令我们炫目的美丽，舞出了令我们向往的美好。

半途而悔

孙道荣

　　单位组织旅游，景区里有一座山，导游说，山顶有一个绝佳的观景台，可以观览景区全貌，但山路有点陡峭，会比较辛苦，愿意爬的人，就和他一起登山，不愿意的人，可以就在山下的景点随便转转。辗转了几百公里来到这里，就是为了看景的，当然要攀登上去，除了几个年龄大体质弱的老同事外，其他人在互相鼓动下，都跟着导游上山。

　　一路欢声笑语。爬到半山腰，山路骤然变窄，一侧是峭壁，一侧是断崖，崎岖而险峻。个个气喘吁吁，面色凝重。抬头仰望面前看不到尽头的陡峭山路，几个同事开始后悔了，早知道山路这么艰难，就不爬了，有人打起了退堂鼓。都已经爬到半山腰了，咬咬牙，就爬到山顶了，在众人的勉励下，后悔的几个同事发生了分化，有的咬着嘴唇，表示继续攀爬，另外两个同事则坚决不肯再往上爬了，两人掉头而返。

　　总算攀上了山顶。站在最高的山岩上，往下俯瞰，整个景区云雾袅袅，恍如仙境，与我们在山下所见，迥然有异。山风吹在脸上，更是宛若仙人拂面，清凉惬意之极。几个在半山腰还后悔的同事，显得比其他人更激动，差一点就错过了这绝佳的风景，要是真的半途而返，这一趟就算白来了。

回到山下，两个半途下山的同事，与几个坚持上山的同事再次相遇，双方互相调侃，说出的话竟然都是"你们后悔了吧？"半路下山的同事，认为爬到山顶的同事，一定后悔没有和他们一起下山，爬得又累又险；而坚持爬到山顶的同事，认为他们半途而废，遗憾没能看到美妙的风景。

很多时候，只要坚定信念坚持到底，你就会成功地站在巅峰，看到不一样的景致，并庆幸自己没有因为半途的悔意而动摇放弃。

我有个同学，在几个朋友的撺掇游说下，辞去了公职，合伙办了一家当时前景看好的外贸公司。几个人利用各自原有的人脉优势，一度将生意做得很红火，几个人又追加资本，以求将雪球滚得更大。熟料好景不长，就在公司稳步增长的时候，恰遇重创全球经济的金融危机，外贸出口一落千丈，他们的生意也跟着遭遇滑铁卢，订单越来越少，眼见着公司就要维持不下去了。这时候，同学开始后悔了，后悔自己当初听了他们的话，贸然辞职；后悔选择了这个利润和风险都很大的外贸生意；后悔将自己的全部家当，都追加了进来……总之，看着眼前的颓势，同学的肠子都悔青了。于是，同学萌生了退意，几个合伙人轮番劝说，分析形势，晓以利害，认为只要再咬咬牙，顶住这段困难时期，世界经济必然复苏，外贸生意也必将迎来第二个春天。然而，同学去意已决，断然抽身，用残余的资金，开了一家小卖部，艰难度日。谁知道第二年，各国刺激经济计划显露成效，全球经济开始复苏，外贸订单像雪片一样飘来，同学原来参股的外贸公司乘势而上，很快扭转颓局，创造了一个又一个市场神话。这一次，我的仍然守着小店过日子的同学，又一次悔青了肠子。

　　还有一个更极端的例子。我的一个远房侄子，大学毕业之后，没有去找工作，而是全力以赴考研。第一年，没考取，第二年又差了几分而名落孙山，眼看第三年了，何去何从？这时候，和他一起毕业的同学，有的早考取了公务员，有的已做了企业白领，有的虽然在小私企但已经升了职。自感一事无成的他，忽然后悔自己考研的选择，如果也一毕业就参加各种招考的话，说不定自己现在也是某个机关的公务员了。想到这，他决定放弃考研的梦想。通过父亲的关系，他进了一家单位，过上了朝九晚五的稳定生活。几年之后，当初和他一样，几次考研失败的同学，最终都考取了理想的学校，有的后来还考上了名校的博士，发表了几篇很有分量的论文。这时候，他又后悔了，后悔自己当初怎么就没有恒心，如果也像他们一样坚持，自己也一定能考上研究生的。然而，重走考研路，他已经没有信心了，他决定另辟新路，辞掉工作，自己开一家网店，只要生意做大了，钱挣得足够多，一样有体面。进了这一行才发觉，网店太多，生意根本不像自己想象的那么好做，几年下来，只是勉强维持。回头再一看，自己原来单位的几个小同事，通过竞争上岗，竟然一个个都走上了中层管理岗位，成了干部。这一次，他又后悔了，要是坚持在那家单位上班，无论是凭自己的能力，还是资历和关系，他都不会输给他们。

一次次的半途后悔，一次次的半途而退，使我的这位远房侄子，一次次陷入迷茫和无措的境地。我知道，不管他选择什么，如果不能坚持，下一次的后悔，一定已经在半路等着他。

　　半途而悔，不能坚持，是很多挫败的根源。除非走到一半，发现这是一条死胡同，断头路，否则，永远不要在半路上后悔。否则，任何一次半途后悔，其结果都必然是半途而废，而那将会令你后悔一生。

从问题的制造者，到问题的解决者

孙道荣

儿子垂头丧气地打电话给他，钥匙包丢了。仅仅是钥匙丢了，倒也罢了，麻烦的是，他的钥匙包里还有学生证、身份证、一张银行卡和一张快餐店的储值卡。

"你怎么这么不小心？这么重要的东西，怎么不保存好，弄丢了呢？"照他以往的脾气，儿子每次犯错，他都是先劈头盖脸一顿骂。但这一次，这些话，他强忍住没骂。他顿了顿，调匀自己的呼吸和心态，问儿子，在哪儿弄丢的？

儿子嗫嚅地说："刚才打的回家，估计是下车时忘在出租车上了。"

他叹了口气，十三四岁的孩子了，还老是丢三落四，经常不是忘了这个，就是丢了那个，制造了一次又一次的麻烦。

"你记得车牌号吗？"

儿子说："没注意。"

"那你有没有要发票？"如果有发票，也可以很快找到那辆出租车。

"也没要。"儿子快要哭了，"爸，我钥匙包里，还有那么多重要的东西，如果找不到，我可怎么办啊？"

他想了想，告诉儿子，钥匙包已经丢了，哭不是办法，要想办法解决。

儿子怯怯地问："那我该怎么办呢？你赶紧帮帮我吧。"

以前，儿子遇到问题和麻烦，都是向他求援，虽然免不了挨他一通骂，但骂完之后，他也总是会想尽一切办法帮儿子摆平麻烦，解决问题。也许，这也正是儿子的问题和麻烦层出不穷的原因之一吧。他想，不能再这样下去了，要让他学会自己解决遇到的问题。

他对儿子说："你应该马上做两件事，一件是想办法找到那辆出租车，一件是将银行卡挂失。"

儿子带着哭腔说："我上哪儿找那辆出租车啊？我也不知道怎么挂失银行卡。爸，还是你帮帮我吧，求求你了。"

"不！"他斩钉截铁地对儿子说，"你必须自己去办，但我可以教你怎么去做。"

他告诉儿子，每辆出租车都安装了GPS定位系统，你去出租车公司，告诉他们你的钥匙包丢在出租车上了，告诉他们你什么时间从哪儿上车，又什么时间到哪儿下车的，他们就可以通过GPS定位，帮你找到那辆出租车，如果司机发现了你丢下的钥匙包，或者后面的乘客捡到了并交给了司机，你就可以找回它了。当然，也有可能是被后面的乘客捡到了，又没有交给司机，所以，你接着还应该立即做第二件事，打电话给银行，先把银行卡挂失了。如果最终找不到钥匙包，你还要到派出所去补办身份证，向学校申请补办学生卡。

"这么麻烦啊！"儿子哭丧着脸说。

"是很麻烦，你以为你每次捅的娄子，我帮你解决时，不都是这么繁琐、麻烦、累人吗？"他对儿子说，"遇到问题不可怕，可怕的是，不知道怎么解决，更可怕的是，永远不是自己去解决，而是让别人来替你擦屁股，解决问题。"

　　他又详细地告诉儿子，怎么去出租车公司申请，怎么打电话给银行挂失银行卡。然后，又鼓励他，你一定能够办好的。

　　儿子答应，按照他教的办法去试试看。

　　放下电话，他喝了一大口水，长长地叹了口气。跟儿子讲了这么多，费了这么多时间，如果是他自己去办的话，恐怕都已经办好了。但是，他想，这至少是一个开端，让儿子尝试着自己去解决自己的问题。

　　他惴惴不安地等待着，不知道儿子又会遇到什么麻烦。

　　一个小时后，儿子又打来了电话，告诉他，他已经找到了出租车公司，说明了情况，公司的人已答应帮他通过 GPS 定位系统找那辆出租车。同时，儿子又告诉他，他已经给银行打过电话了，口头挂失了银行卡。

　　他表扬了儿子。

　　又过了半个多小时，儿子再次打来电话，欣喜地告诉他，出租车公司已经找到了那辆出租车，并且已经联系上了司机，幸运的是，他的钥匙包完好无损，是后面的乘客捡到了他落在后排座位上的钥匙包，然后交给了司机的。儿子激动地说："我已经和司机师傅约好了见面地点，我马上赶过去，很快就能拿到我的钥匙包了。"

　　"好样的！"他叮嘱儿子，见到司机师傅，一定要记得感谢人家。

　　儿子的钥匙包，失而复得了，他非常开心。更开心的是，这一次，儿子是在他的教导之下，完全通过自己的努力，解决了遭遇的问题。这比什么都重要。

　　他觉得，儿子在慢慢地长大。这让他欣慰。他意识到，孩子难免会遇到这样那样的问题，总是不断地捅娄子、惹麻烦、制造问题，而让孩子学会自己去解决这些麻烦和问题，从问题的制造者，到问题的解决者，这，就是成长。

倒木是森林的另一种姿势

　　往长白山地下森林的游步道两旁，参天的丛林之中，横七竖八散布着一棵棵倒下的大树。这些曾经挺拔高大的树木，此刻安静地将它们的身躯横卧在大地之上，全身长满绿苔，有的已经枯烂，露出黄褐色的木心。这是一个寂寞的世界。听不到鸟鸣，鸟只栖落在高高的树枝上；见不到阳光，森林太茂密了，那些依然屹立的大树，尽可能地伸展枝丫，将所有能采集到的阳光，都收入囊中；甚至听不到一丝风声，丛林里的风，都是从一个树尖，跃到另一个树尖，从一片叶子，跳到另一片叶子，发出迷幻般的哨音。

　　它们叫倒木，倒下的树木。

　　这些大树，大都是大风刮过森林时，倒下的。有的是垂垂老矣的大树，已经活了几百年，甚至更久的时间。巨大的树干，差不多被时间掏空了，大风起时，它们摇摇晃晃地一头栽倒，停止了呼吸。它身边的大树，差不多都是它的子孙和后辈，它们想搀扶住它，可是，它的躯干太沉了，而且，也许它自己也觉得活得够久了，它已经以一种姿势站了几百年，累了，因此，事实上也可以理解为它是顺势倒下的。

也有正值壮年，生命旺盛的大树，骤然被大风连根拔起的。它们本是森林中的王者，树干比别的大树更加粗壮，树冠比别的大树更加繁茂。它们的根，也一定比别的大树，扎得更深更密更牢固。但是，大风起兮，它们却轰然倒塌，巨大的响声，令整个森林颤抖。在众多的倒木中，那些倔强地以倾斜的姿势不肯完全倒下的，就是这样的大树，它们像四五十岁的壮汉一样，还有很多未竟的人生，怎么甘心就此倒下呢。

不管它们当初是怎么倒下的，当我们遇到它们时，它们就已经倒下了，死了，枯烂了。我们没有见过它们挺拔站立的姿势，仿佛它们生来就是这样倒卧似的。从它们身边走过时，我听到了很多议论，大多是惋惜、唏嘘，这么粗壮的大树，怎么就倒了呢？

还有人不解地问，这么粗大的树木，为什么任凭它在森林中枯烂，而不将它运出去，制成木材，让它继续发挥作用？有人甚至当场计算，这样一棵倒木，如果开成木板的话，可以打出多少个柜子、多少只箱子、多少张桌子、多少把椅子……可都是绝对的实木哦。

景区的工作人员却告诉我们，千万别小看了这些倒木，它们是森林的温床。可以说，没有了它们，就没有茂盛的原始森林。

森林中超过八成的树木幼苗，是从倒木上繁育起来的，故有倒木是森林的温床之说。倒木又是微生物的栖息地，小树苗在成长过程中，所需的大量的营养成分，如倒木自身所含的C、N、P等营养成分，就是靠这些微生物分解提供的，倒木因而又是森林的奶娘，无私地把一棵棵小树苗拉扯大。

没错，看起来有点煞风景的倒木，事实上，恰是森林不可分割的重要部分。一棵大树倒下了，成了倒木，它的叶子脱落了，枝干枯萎了，躯干腐烂了，但它并没有死亡，也没有荒废，它只是换了一种姿势，像一位母亲一样敞开了怀抱，是一棵树之于森林的另一种姿态。

对于一棵倒木来说，重新站起来，或许并不是它的愿望，让更多的小树发芽、生长，长成森林，这才是它最大的梦想吧。而被打造成一只实用的实木家具，这恐怕是所有的倒木最不愿意做的事情。因此，一棵倒木，一定是极不情愿走出森林的。

在森林之中，总有一些树木，会因为这样那样的原因倒下，不过，纵使倒下了、枯萎了、腐烂了，它们也还是丛林的一部分。如果你肯放下成见，蹲下身，从另一个角度去看它，就会发现，它只是在丛林中换了一个姿势，它依然是挺拔的、高大的，令人尊敬并值得仰视的。

倒木，是大树的另一个境界。这与那些多舛而又不羁的人生，是多么相似啊。

在秋天里想想春天的事

朱成玉

　　那个秋天，我身心俱疲。一种无法言说的疲惫如影相随，像永远在路上的挑夫，累了，就把生活的扁担从左肩换到右肩，再从右肩换到左肩，如此反复，永无止境，像西西弗斯和他巨大的石块。

　　感情的罐子已经开始漏水。每夜醒来，望着身边空空的床，忧伤便会如涨潮的海水淹没我。没有日光灯的照耀，我的黑暗连同对未来的忧虑一起来临。但我并未就此沉沦，我知道，每天早上，我依然会有一个如蛋黄般令人垂涎欲滴的太阳可以期待。

　　一些人总是要来的，带着爱情和光明，将你的生活布置得犹如一个个节日，狂欢着真心相对的快乐；一些人总是要走的，留下叹息和眼泪在你身后，你的世界升起夜色，无边的忧怨冲击着你孤单的脆弱。

　　一些时间用来享受；一些时间用来对抗；一些时间用来沉默；一些时间用来等候。

　　每到秋天，人的烦恼就会多起来，这个时候，应该想想春天，回忆一下春天里都发生了什么，这样心情会好些。在生活混乱不堪的时候，回忆总是见缝插针，给我一些难得的慰藉，虽说经历了时间的一次次洗礼，却始终没有被愁绪的洪流冲走。

回忆，即便是绳子，也是用来攀爬的，而不是束缚。

记得有人说过当人开始回忆的时候他就老了。的确，我认为自己是老了，一种缺乏朝气的老去。于是这种老去让我开始一百年一百年地孤独着。这种孤独庞大而具有爆发力，似乎挡住了一切幸福快乐的来路。但是你们错了，正是因为回忆，我得以活着。

那时候，每天握着爱人的手，微笑着穿过人群；那时候，牵手走过的每一条道路都春光无限；那时候，肯花钱去向司机买来五分钟，为爱人去山上采来一簇簇迎春花；那时候，欢笑在左，幸福在右；那时候，我们在尘世的沙滩上掀起了幸福的风暴……

在回忆中，我找到了失去许久的快乐。也领悟到，只有那些逝去的东西才会让人生更显得珍贵。

上帝会把我们身边最好的东西拿走，以提醒我们得到的太多。

人生就是这样，要让自己在秋天快乐起来，就要想想春天的事，免得被秋天的天气给感染了。我们不停地扔掉一些东西，不停地保留一些东西。生命中总有属于你的东西渐渐沉淀，你不必叹息或耿耿于怀，因为那些都是必将要发生的。正因为生命中有那么多的不完美，才更使得我们的人生真实可爱。

香港诗人何达写过一首诗，叫《快乐的思想》，他说：

做每一件事情，都给它一个快乐的思想。

就像把一盏盏灯点亮。

砍柴的时候，想着的是火的诞生；

锄草的时候，想着的是丰收在望；

与你同行，想着我们有共同的理想；

跟你分手，想着会师时候的狂欢……

每个人都会经历人生的秋天，经历严寒将至时的那一段时光，自古文人多悲秋，不怪文人们酸，秋天就是那么一个让人不停地怀念的季节，可能是一个不经意的下午，那么多那么多的人和事就冒出来了，让你猝不及防。一枚简单的落叶都有可能击中你，让你消沉；一只死去的蝴蝶也会让你黯然神伤；一段戛然而止的爱情更有可能让你无法释怀。那么，在秋天里就想想春天的事吧。那时你会发现，秋天的这一切，不过是整个人生盛宴中一道简单的水果拼盘罢了，有点酸，却也爽口。

在秋天的窗子里，我放了一支属于春天的曲子，它撩动空气，轻挑神经，点到为止。我已经老去，不再需要海誓山盟，却需要深入骨髓的感情，不求轰轰烈烈，只求相依相伴。我已经老去，我需要用回忆来填充生命中的一些空缺，仅仅是为了缝补自己的不完美。

秋就秋吧，谁又敢断言，那些落叶在我们脚下堆积出的，不是温暖的地毯呢？

驯服苦难的烈马

朱成玉

极少见过那么多苦难集于一身的人。她简直就是上帝的出气筒，上帝发脾气，拿着鞭子乱甩一气，她成了活靶子，浑身上下被抽打得伤痕累累、满目疮痍。

她是岳母家的邻居，一个美丽的妇人，一个被命运的风暴卷入谷底的人。

打小就死了爹娘，在姑母家过着寄人篱下的日子，终于挨到了嫁人的年龄，姑母迫不及待地将她嫁了出去。婚后没多久，丈夫得了股骨头坏死，一瘸一拐啥活计也干不了，里里外外都指望她一个人。

女儿在中考的那一年，因为压力过大，学习学傻了，整个人处于半痴呆状态。

许久了，她一直住着村子里唯一的一个土坯房。房子在雨季，经常漏雨，她就常常请左邻右舍帮着她修补房顶。这一次，没等房顶修好呢，一场大雨终于把这陈年的老古董冲塌了。

即便如此，村人们也从没在她嘴里听到过一丝叹息和任何抱怨，就连这房子被雨水冲塌了，她也会乐观地说："这下好，总算能下决心盖个房子，不然总是舍不得拆了它，老天爷给俺做决定了。"

不管生活多困苦，你都不会在她的脸上找到悲伤的答案。不仅如此，她还经常安慰别人，岳母最开始知道得了癌症那几日，每天茶饭不思唉声叹气，她天天来劝导岳母："癌症算个啥，好好治哪有治不好的病。你得好好活着，你看你多有福气，你现在享受的一个月的福，都够俺攒上一辈子的了。"

听她这么一开导，岳母开朗了许多。

村里很少有比她家穷的了，可她偏偏又是个乐善好施的主儿，不管谁家来要点啥，只要她有的，肯定是有求必应。夏天，她的园子里种的菜总比别人家的多，别人过来摘个黄瓜茄子啥的，都不用和她打招呼。

她的脸上永远挂着灿烂的笑，她喜欢打扮自己，尽管没什么好衣服，也没什么好的化妆品，可她就是喜欢往自己的脸上涂脂抹粉。在地摊集市上，只要看到便宜的看着又不难看的衣服，她就会买回去，没有人知道她的箱子里到底有多少衣服。有一次，村里有三家办喜事的，这可把她忙坏了。每去完一家，就赶紧跑回家打开箱子换身衣服，一共换了三次，也就是这次，她在村里名声大噪。人们开玩笑，都叫她"三开箱"。

这"三开箱"自然是贬义的，村人都认为，她一个被苦日子浸泡着的人，就应该是坛老咸菜的样子。她的举动，无异于咸菜缸里忽然冒出翠生生的一株绿来，让人无比讶异。也有人在背地里八卦，说她指不定给家里的病人戴了几顶绿帽子呢！这话传到她的耳朵里，她也不生气，身正不怕影子歪，在那些长舌妇面前，反而更有力地扭几下屁股，秀一秀那妖娆的身姿。

人们询问她的近况，她总是"还好还好"地应着。人们失望地走开，似乎希望在她那里得到一点不幸的消息，用以减轻自己的不快。人们乐于欣赏别人的苦难，就像欣赏烟花一样自然，可是她从来不给他们看"烟花"的机会。

她从不向人兜售自己的苦难，用她自己的话讲，那样只会赚取别人廉价的眼泪，除此之外，还有什么作用呢？她也常常对她的瘫丈夫和痴女儿说："不要轻易把伤口给不相干的人看，因为别人看的是热闹，病的却是自己。"

苦难不是用来晾晒的。晾晒苦难，苦难并不会蒸发和减少，只会更大面积地传播。

"这辈子谁还不吃点儿苦，苦瓜、婆婆丁、苦菜都是苦的吧，可俺就爱吃那口儿。"这是她常常挂在嘴边的话，说这些话的时候，嘴角依旧上扬，酒窝绽放。

原来，苦难会摧毁一个人，也可以把一个人变得如此娴静，如此淡雅。

苦难，在她面前，如同一匹被驯服的烈马，她握着命运的缰绳，驾轻就熟。

她让我懂得，消灭苦难的好办法，不是去晾晒，而是让它发酵，把它变成酒，喝掉。

与你偶遇在孤单的旅程

安 宁

　　因为工作与学习的原因，每个月，我都会在北京和J城之间往返。在路上，成为我生活的另一种常态。我已经习惯了坐在摇摇晃晃的K45次列车上，打开电脑，塞上耳机看电影。或者，将歌声放到最大，直至湮没了周围的喧嚣。而我的心，则随着寂寞的歌声，飞到窗外的旷野里去。很多时候，我就是这样，明明在嘈杂的人群中，却刻意地将自己封闭在壳里，并常常将这壳中的世界，看作朗朗的乾坤，并以为，除此之外，便都是如火车穿越轨道一样，单调乏味的声响。

　　我一度将这样的旅程，当作一种负累，如果了无歌声，我几乎不知道该如何在拥挤的人群里，挨过漫长的6个小时的车程。从晨起奔赴车站，这一天的时间，几乎都交付了这一段旅程；而它，除了耗掉我宝贵的时间，什么都没有留下。

　　是的，我一直想要从这样频繁的旅程中，索取到什么。直到有一天，我不经意间回头，发现，原来最璀璨的那片花儿，一直在自己身边；而我，却是费尽心机地，想要借助外力，远远地逃开。

　　先是遇到了那群新兵。他们背着统一的军绿色背包，在一个老兵的带领下，一路小跑，从车站入口处齐刷刷地站到检票口前。我当时正随着人群，漫不经心地朝前走着，不经意间向左扭头，恰与一个一脸稚气的小兵对视。他好奇地足足看了我有一分钟，才微笑着将头扭向检票口。他在看我什么呢？胸前名牌大学的校徽？散漫不经的视线？细细长长的耳机？抑或，我的存在本身，于他，便是一种值得观望的风景？

那是我第一次亲历新兵的入伍。他们从四面八方的小城里聚拢来，彼此陌生，不知道新的队伍，驻扎在何处，亦不知道，谁会与自己坐在一起，谁又会成为生死与共的战友。一切在他们心里，都是远方地平线上的风景，那样遥远，又如此迷人。从离开父母亲朋的那一刻，他们的心，便随着旅程，一起上路。正是18岁的少年，一切都是新鲜，一切都是惶恐，步步都是未知的风景。而旅程中的一切，不仅仅是作为旅程，更为重要的，是作为一种印迹，嵌入了他们的青春，就像沙子嵌入贝壳。疼痛，却也必会在日后，有闪烁的光华。

待那群素朴的新兵经过，我跟着人群，挤上火车，在忙乱中，终于找到自己的位置，安顿下行李，一抬头，看到一个女孩，正站在车窗外，努力地比画着什么。而我对面一个面容平凡衣着粗糙的女孩，则时而抬头视线躲闪地看向窗外，时而低头摘着劣质羽绒服上飞出的毛毛，或者衣角袖口处新起的难堪的毛球。这是一个内向的女孩，看她臃肿的行李，便知道她定是在北京的某个地方打工，但不知为何，无功而返。而那送她的女孩，衣着干净，脸上又有刻意描画的妆容。

这是一场两个女孩间的告别。我猜测她们或许从同一个偏远的山村走出，只是在竞争激烈的北京，她们昔日的那份真情，与悄无声息的时间一起，有了微妙的变化。其中的一个，在北京如一尾鱼，尽管也觉得渺茫无依，但却有从沟渠到大海的快乐与欢欣；而另一个，终因无法适应北京残酷的节奏，像一块多余的赘肉，被飞速行走的城市毫不留情地抛开去。

而这样的分别，当是尴尬又冰凉的。就像窗外干冷的空气，人走在其中，觉得了无依靠，清冷孤单。而就在我为这被北京丢下的女孩觉得凄凉的时候，窗外的女孩突然开始用力地在车窗上哈气；待其上有了一层朦胧的水汽，她快速地在玻璃上写道：到家后给我电话，注意安全，路上小心。女孩的字，写得有些稚嫩，但还是看得出，其中的每一个，都是她用了心的。她将那些无言的不舍、牵挂、想念、怜惜，全都融汇到这句很快在冷风里消散的字里。她就这样飞速地写着、哈着，而后又写，又重新哈气。她告诉车内拘谨的女孩，要照顾好自己，有事给她电话，也要记得代她向阿姨问好。对面的女孩，努力地辨识着玻璃上反写的字，又在每一行字逝去的时候，眼圈红了又红。隔着窗户，她始终没有开口说一句话，哪怕一句谢谢。她只是用手势比画着，告诉外面的女孩，不必送了，走吧。

当火车终于在20分钟后启程的时候，女孩又追着火车跑了一程。但很快，她和那些没有说出的话，一起被远远抛在了后面。而就在此刻，我抬头看对面的女孩，她的眼泪，在我毫无遮掩的注视下，哗一下流出来。

这段旅程，我想给予她的，当是比在北京漂泊的时日还要长久、深刻，且再也难以忘记。

那一次北京到J城的旅途，我依然记得清晰，整个的车厢，被返乡的民工，挤得了无空隙。推车卖福州鱼丸的服务员，需要花费许久，才能艰难地走出一节车厢。而那些民工，因有同伴的陪同，言语便像炸开的烟花，肆无忌惮的喧哗，在半空里拥挤。我的耳朵，被那些听不懂的方言，充斥着，直至有被连根拔起的苦痛。

那当然不是一次愉悦的旅程，窗外萧瑟寂寥，车内则是混杂喧嚣。而我却很奇怪，从始至终都心怀感恩。

其实生命中那些长长短短的旅程，寂寞也罢，喧哗也好，其中的每一段，都值得我们用力感激，且深深铭记。

因为，那么短的一程人生，走过已属幸运，而能够在旅程之外，看到爱与青春的影子，像窗外飞快退去的树木，一闪而过的溪流，沉默走远的山岚，谁又能说，这不是生命刻意安置的另一种偶遇？